Collection Série Noire
Créée par Marcel Duhamel

Nouveautés du mois

2162 — LE GANG DES ÉCLOPÉS
(E. RICHARD JOHNSON)
L'héroïne des héros.

2163 — ROSE SANG
(ROBERT B. PARKER)
La mort incarnate.

2164 — LE GRAND SACCAGE
(MAX ALLAN COLLINS)
Quand faut y aller, faut y aller...

2165 — LA BRIGADE DU DIABLE
(TED WOOD)
Cherche, mon chien, cherche !

2166 — PRENDS-EN POUR TON GRADE !
(JOSEPH D. MCNAMARA)
Trop policier pour être honnête.

ROBERT B. PARKER

Rose sang

TRADUIT DE L'AMÉRICAIN
PAR ROSINE FITZGERALD

nrf

GALLIMARD

Titre original :

CRIMSON JOY

A nous tous

1

A Jamaica Plains, Sheridan Street part de Center Street, gravit la colline sur une soixantaine de mètres jusqu'à la crête, puis redescend vers Chestnut Avenue. C'est une rue étroite, bordée de maisons aux murs revêtus de bardeaux, construites pour abriter deux ou trois familles. Un grand nombre de ces maisons avaient été divisées en appartements, la plupart occupés par des jeunes, encore étudiants ou récemment diplômés. Les autres l'étaient par des gens qui travaillaient sans cravate.

C'était au début mars, par un beau jour froid où les derniers relents de l'hiver s'attardaient dans les agrégats de neige et de sable, noircis par les gaz d'échappement et la poussière.

Frank Belson engagea sa voiture sur le trottoir parsemé de plaques de glace et la gara, comme les flics aiment le faire, en épi, l'arrière dépassant à moitié dans la rue. Il y avait déjà deux véhicules de patrouille, stationnés de la même façon.

Nous nous trouvions devant une maison dont les deux portes d'entrée donnaient sur une petite véranda. Sa peinture vert tendre n'était pas toute fraîche. La camionnette du coroner se trouvait dans l'allée étroite et des bandes en plastique jaune, tendues en travers du trottoir de part et d'autre de la maison, délimitaient les lieux du crime. Plusieurs voisins, surtout des femmes et de petits enfants, étaient groupés de l'autre côté de la rue. C'était un quartier où les hommes travaillaient et les femmes restaient à la maison.

Belson avait fixé son insigne sur le revers de son pardessus. Le flic en uniforme, en faction à la porte, vit l'insigne, hocha la tête et regarda mon revers.

— Il est avec moi, expliqua Belson.

— D'accord, Sergent, dit le flic.

Nous passâmes devant lui entrâmes dans la maison. Il y avait une entrée avec un escalier qui montait à l'appartement du premier étage et une porte à gauche, ouverte sur le salon de l'appartement du rez-de-chaussée. A l'intérieur, plusieurs employés municipaux s'activaient à prendre des photos et à tout examiner dans la pièce au milieu de laquelle se tenait Martin Quirk toujours en pardessus, les bras croisés sur sa poitrine. Ses yeux baissés étaient fixés sur un cadavre.

— Spenser est là, Lieutenant, dit Belson.

Quirk hocha la tête sans lever les yeux sur moi. Il continuait de regarder le cadavre. J'en fis autant.

Nous regardions une femme noire, de quarante-quarante-cinq ans. Elle était nue, ses mains et ses pieds avaient été liés à l'aide d'une corde à linge, semblait-il, sa bouche avait été fermée avec du ruban adhésif et ses yeux d'un brun opaque étaient fixes et sans expression. Elle avait du sang entre les cuisses et le tapis froissé sur lequel elle était couchée était noir de sang. Entre ses seins, il y avait une seule rose rouge.

— Encore une, dis-je à Quirk.

De nouveau, il hocha la tête sans rien dire, les yeux toujours fixés sur la femme morte. Aucun signe d'émotion. Belson alla s'appuyer contre le chambranle de la porte, déchira l'emballage d'un petit cigare bon marché et mit l'emballage dans sa poche. Il mit le cigare dans sa bouche pour l'humecter, le ressortit, puis l'alluma avec une allumette de cuisine dont il fit jaillir la flamme en la frappant avec l'ongle de son pouce. Quand son cigare produisit de la fumée, il souffla pour éteindre l'allumette qu'il mit aussi dans sa poche. Les autres flics faisaient ce qu'ils étaient venus faire. Personne ne demanda ce que je faisais là. Personne ne demanda à Quirk ce qu'il regardait. Un silence épais planait sur la pièce.

Quirk m'adressa un bref signe de tête, dit « Frank » et quitta la pièce. Je le suivis, Belson se détacha du chambranle de la porte et m'emboîta le pas. Nous sortîmes de la maison, descendîmes les marches du perron et montâmes dans la voiture de Belson, Quirk et moi à l'arrière.

— Descends Jamaicaway, Frank, dit Quirk. Fais le tour du bassin.

Au bout de la rue étroite, Belson tourna à gauche, puis encore à gauche et s'engagea dans Jamaicaway. A côté de moi, Quirk s'appuya contre le dossier, croisa ses mains épaisses derrière sa tête et regarda par la vitre. Il portait un imperméable en popeline, non boutonné, une veste en tweed marron, une chemise bleu foncé, une cravate en tricot jaune. Je ne voyais pas la poche de poitrine de sa veste, mais je savais que la pochette devait être assortie à la cravate.

— Les journaux l'ont déjà baptisé le Tueur à la rose rouge, dit Quirk.

— Peut-être *la,* fis-je observer.

— *Le* tueur. On a trouvé des traces de sperme sur les lieux des meurtres.

— Sur les lieux ?

— Ouais. Jamais la femme n'a été violée. Cette fois-ci sur le tapis. Une fois sur la cuisse de la femme, une fois sur le canapé.

— Il s'est masturbé.

— Probablement, dit Quirk.

— Avant ou après ?

— Sais pas, répondit Quirk.

Belson roulait dans Jamaicaway en directtion du centre. Le bassin de Jamaica était à notre gauche, tandis qu'à notre droite les grandes demeures étaient touchées par le soleil pâle du printemps. Ces maisons n'étaient pas aussi imposantes qu'elles l'avaient été et plusieurs d'entre elles avaient été reprises par diverses institutions : écoles privées, ordres religieux, maisons de retraite ; certaines avaient été vendues en copropriété.

— Ça pourrait être un flic, dit Quirk.

— Sans blague.

Quirk détourna la tête de la vitre et me regarda. Il hocha la tête.

— Il m'a écrit une lettre, dit-il en sortant une enveloppe de la poche extérieure de son pardessus et en me la tendant.

C'était une enveloppe blanche ordinaire, comme

on en trouve dans tous les rayons de papeterie. Le nom et l'adresse personnelle de Quirk étaient dactylographiés. L'adresse de l'expéditeur n'y figurait pas. Je l'ouvris. La feuille de papier que je trouvai à l'intérieur était aussi ordinaire que l'enveloppe. Le texte, également dactylographié, était le suivant.

Quirk.

C'est moi qui ai tué la putain et la serveuse. Tu as intérêt à m'attraper. Je vais peut-être recommencer et je suis un flic.

Je regardai une fois encore l'enveloppe. D'après le cachet de la poste, elle avait été envoyée de Boston, trois jours plus tôt.

— Il connaît l'adresse de votre domicile, dis-je à Quirk.

— Elle est dans l'annuaire, répondit-il.

— Il a quand même pris la peine de regarder. Il veut que vous sachiez qu'il connaît votre adresse personnelle.

— Ouais.

— Quand avez-vous reçu cette lettre ? demandai-je.

— Après le deuxième meurtre.

Belson brûla le feu rouge de Brookline Avenue et s'engagea dans Riverway.

— Ça pourrait être n'importe quel flic, lui dis-je.

— C'est vrai.

— Ça pourrait être un des gars du service médico-légal qui sont là-bas en train de travailler.

— C'est vrai.

— Ça pourrait être un type qui n'est pas un flic mais qui veut brouiller les pistes.

— C'est vrai.

— Comme ça, vous ne pouvez plus faire confiance à personne.

— Presque personne, dit Quirk.

— Sauf, peut-être, à Belson.

Quirk approuva d'un signe de tête. Je lui souris. Gentil gros nounours. Quirk me regarda sans rien dire. L'odeur que dégageait le cigare de Belson aurait pu être celle d'un rat mitonné en ragoût.

— Lieutenant, dis-je à Quirk, j'ai quelques dettes envers vous.

Quirk continua de me regarder sans rien dire.

— Alors, je crois que je vais vous donner un coup de main pour cette affaire.

Quirk hocha la tête.

— Ouais, dit-il. Si vous voulez.

Belson reprit Brookline Avenue et tourna à droite.

— Vous aurez libre accès, dit Quirk. Si vous découvrez quelque chose, vous n'en ferez part qu'à Belson ou à moi.

— Que savez-vous, pour le moment ? demandai-je.

— Trois femmes, toutes les trois noires, toutes les trois tuées de la même façon, celle que vous venez de voir. Rien n'indique qu'il y ait eu agression sexuelle. A chaque fois, des traces de sperme sur les lieux. Le même genre de corde a été utilisé pour les attacher et le même genre de chatterton gris pour les bâillonner. Nous n'avons pas encore la balle qui a tué celle-ci, mais les deux autres ont été tuées avec un .38.

— Est-ce qu'elles ont quelque chose en commun

en dehors du fait qu'elles sont noires et du sexe féminin ?

— Peut-être, répondit Quirk. L'une était une putain, une autre était serveuse dans un bar de la Zone.

— Et celle-ci ?

— Je ne sais pas encore. Le facteur l'a vue par la fenêtre de devant et il nous a appelés. Elle s'appelait Dolores Taylor.

— Elle s'appelle encore.

— Sans doute, dit Quirk.

— Jusqu'à quel point mon statut est-il officiel ?

— Vous me rendez un service, répondit Quirk. S'il y en a qui ne veulent pas coopérer, prévenez-moi.

— Et la presse ?

— On ne peut pas le leur cacher. Ils auront tôt fait de vous remarquer. Ils se sont rués sur cette affaire comme un chien sur une poubelle.

— Les torchons à scandale se sont déjà manifestés ? On est célèbre que si on a droit aux honneurs de la presse-poubelle.

Quirk eut un sourire sans joie.

— Ils sont là, dit-il. Alors prenez vos précautions.

— Qui d'autre est sur l'affaire, à part vous, Belson et moi ?

— L'enquête officielle est en route et donnera peut-être des résultats. Mais je n'ai aucun moyen de savoir si le tueur a quelque chose à voir avec nous. Il me faut quelqu'un qui ne soit pas de la police et dont je sois sûr qu'il n'est pas le tueur.

— Vous ne m'avez jamais rien dit d'aussi aimable.

Belson s'arrêta à un feu rouge près de l'Hôpital pour enfants. Le feu passa au vert. La voiture passa devant l'établissement puis tourna dans Jamaicaway. Quirk poursuivit :

— En dehors de ce que je vous ai dit, nous n'avons rien. Aucune autre preuve matérielle. Le labo fera une analyse du sperme, mais ça ne nous apprendra pas grand-chose. On ne peut pas remonter à partir de ça. Nous n'avons pas d'empreintes digitales pour les deux premiers meurtres et quand ils auront terminé leur travail sur celui-ci, nous n'en aurons pas non plus. Chacune de ces femmes a été tuée chez elle. La première, la putain, dans la cité Faneuil Projects, à Brighton, la deuxième habitait Ruggles Street, près des hôpitaux.

— Il les a draguées, les a accompagnées chez elles et les a tuées.

— A moins qu'il ne les ait suivies, dit Quirk, qu'il ait sorti un revolver et les ait obligées à entrer, avant de les tuer.

— Vous pensez qu'il n'est pas entré quelque part par hasard parce que ce serait quand même une drôle de coïncidence s'il était tombé par hasard sur trois femmes noires.

— Dans Ruggles Street ce serait vraisemblable, dit Quirk, mais ça l'est déjà moins à Brighton et encore moins ici.

— Et c'est probablement un Blanc.

— Ouais, dit Quirk, c'est ce que nous pensons. Il veut des femmes noires, mais il ne va pas les chercher dans un quartier noir. Même Ruggles Street, à cette extrémité c'est mi-blanc, mi-noir. Il est possible qu'il ait peur d'aller dans les quartiers noirs pendant la nuit, ou bien qu'il se dise qu'il s'y ferait trop remarquer.

Belson tourna dans Perkins Street.

— Et la lettre, lui dis-je.

— Le labo en a tiré que dalle, à moins que le gars du labo qui a pratiqué les analyses soit le tueur.

— Vous pourriez les faire refaire par d'autres techniciens, lui dis-je.

— Et si un des rapports est faux, nous tenons un suspect, oui. J'ai essayé. Les rapports sont identiques.

— Alors le labo est au courant, pour la lettre.

— Ce qui signifie que toute la police de la ville sera bientôt au courant. Je sais. Je leur ai demandé de garder ça pour eux. Mais ils ne le feront pas. Ils lâcheront le morceau.

— Alors, bientôt tout le monde saura que le tueur est un flic ou pourrait en être un.

— C'est pas très bon pour le moral, dit Quirk, mais il fallait que je sache, pour la lettre.

— Est-ce qu'il y a quelque chose que vous êtes seul à savoir ? demandai-je.

Belson gara la voiture comme avant, devant la maison de Sheridan Street.

— Non, répondit Quirk. La presse ignore qu'on a trouvé des traces de sperme, mais la police est au courant, donc la presse le saura.

— Il est difficile de garder un secret.

— Impossible. Les flics rentrent chez eux et le disent à leur femme. Ils boivent une bière après la partie du softball et ils le disent à leurs potes. Merde, moi je le dis bien à ma femme. Et vous à Susan.

— Mais elle n'en fait part à personne.

— Bien sûr que non, dit Quirk. Pas plus que ma femme, ou celle de Belson ou celle des autres. N'empêche qu'une semaine après, c'est dans le *Globe* et Channel 5 envoie une équipe de reporters et d'opérateurs de télévision.

— Si jeune et déjà si cynique, lui dis-je.

Quirk regardait encore par la vitre.

— J'essaie de ne pas me laisser dépasser par cette affaire. Ce type ne va pas arrêter et l'affaire deviendra un vrai carnaval. Débats et reportages à la télévision et dans les journaux, *Time* et *Newsweek*, le maire, le gouverneur, le conseil municipal, les féministes, les racistes, les Noirs, le FBI, les députés de toutes les victimes au Parlement et tous les écervelés à l'est du Mississippi gonfleront cette affaire, nous mettront des bâtons dans les roues et encourageront ce tordu à recommencer.

— Ce type veut que vous l'attrapiez, lui dis-je.

— Peut-être oui, peut-être non et peut-être les deux à la fois.

Belson se retourna sur le siège avant et posa un bras sur le dossier. Le petit cigare à moitié brûlé s'était éteint, mais Belson le gardait coincé entre ses dents.

— D'une façon comme de l'autre, il faut que nous ayons notre propre petite équipe, dit-il.

Son visage était mince et sa mâchoire bleue de barbe.

J'approuvai d'un signe de tête et dis :

— J'utiliserai peut-être les services de Hawk.

Quirk eut presque un sourire.

— Vous croyez qu'il pourra s'empêcher de tout dégoiser à la presse ? demanda-t-il.

— Du moment que Barbara Walters ne se montre pas, répondis-je. Hawk perd la tête, à chaque fois qu'il la voit.

— Il nous faudra sans doute courir ce risque, dit Quirk.

Il descendit de voiture et Belson me ramena chez moi.

2

Susan portait un pantalon en cuir noir et des bottes de cow-boy en cuir noir, courtes, brodées de motifs bleus. Elle avait un chemisier bleu-vert, des chaînes, de grandes boucles d'oreilles, tout ça en or et elle était assise dans ma salle de séjour, les pieds sur la table basse. Elle sirotait très lentement du champagne auquel étaient ajoutées quelques gouttes de liqueur Midori.

— Et qu'est-ce que Quirk attend de toi ? me demanda-t-elle.

Le Midori donnait au champagne une teinte délicate, tirant un peu sur le vert. Susan parlait en gardant la flûte à champagne appuyée contre sa lèvre inférieure. Ses grands yeux noirs me regardaient par-dessus le bord du verre.

— Il veut que je sois quelqu'un en qui il peut avoir confiance, répondis-je.

Je contournai le comptoir qui séparait la cuisine du salon et posai, sur la table basse, devant elle, un petit plateau en argent chargé de caviar Beluga, d'une petite cuiller, de crackers et six quartiers de citron.

— Miam, miam, dit Susan.

Elle écarta la flûte à champagne de sa bouche et leva la tête vers moi. Je l'embrassai.

— Pas de baiser passionné, lui dis-je. Ça brouille l'appétit.

Susan dégusta un autre gramme de champagne et me regarda sans faire de commentaire. Je retournai dans la partie cuisine et me mis à frapper deux cuisses de poulet désossées avec un lourd couteau, en disant :

— Il faut être costaud pour attendrir un poulet.

— Est-ce que Quirk a l'intention de former une petite escouade particulière ? demanda Susan.

— Belson appelle ça une équipe. La propre petite équipe de Quirk.

— Parce qu'il est possible que le tueur fasse partie de ses propres services ?

— Et parce que ses services vont être accaparés par le cirque. Quirk veut pouvoir s'en passer. Il veut quelqu'un qui ne soit pas un salarié. Il veut quelqu'un que le Gouverneur ne peut pas régenter, que le conseil municipal ne peut pas menacer. Quelqu'un qui ne cherche pas à se faire mousser pour avoir de l'avancement. Il veut pouvoir aller dans un endroit calme où il pourra réfléchir.

— Ce sera si pénible que ça ? demanda Susan.

— Ça le deviendra vite.

— Tu as déjà participé à une enquête de ce genre ?

— L'affaire de l'Etrangleur, répondis-je. Là, on ne pouvait pas faire un pas sans tomber sur des médiums, des producteurs de cinéma et des petites danseuses.

Je parsemai de romarin les cuisses de poulet aplaties que je fis mariner dans un mélange d'huile d'olive et de jus de citron.

— Tout le monde s'en sert, dit Susan.

— Oui. (Je versai un peu de champagne dans mon verre.) Pour avoir de l'avancement, pour se faire connaître, pour devenir riche, pour étancher sa soif de sensations.

Je bus le champagne, m'en resservis et passai côté salon pour manger du caviar.

— Comment fais-tu pour te payer du caviar ? demanda Susan.

— Je coupe sur mes frais généraux. Je fabrique moi-même mes matraques.

— On dirait qu'il veut se faire prendre, dit Susan.

— La lettre. Oui, probablement. Mais il ne l'a écrite qu'après le deuxième meurtre.

— Alors, s'il sème des indices, ça risque de lui prendre longtemps.

— Et plusieurs femmes mourront peut-être avant qu'il en ait semé assez pour que nous puissions le coincer.

Susan prit deux, peut-être trois œufs d'esturgeon au bout de la petite cuiller et les dégusta lentement.

— Pendant que nous mangeons du caviar.

— Et buvons du champagne, dis-je en remplissant son verre et en ajoutant une goutte de Midori.

— Sans vergogne, dit Susan.

— Si nous buvions de la limonade et mangions des hamburgers, elles mourraient quand même.

— Je sais.

Nous sirotâmes chacun notre champagne. Le pantalon de cuir était lisse sur les cuisses de Susan.

— Ce que nous savons du tueur, c'est qu'il s'agit d'un homme blanc qui assassine des femmes noires. Ça a tout l'air d'un crime racial.

— Et les traces de sperme ? fit Susan.

— Ça a tout l'air d'un crime sexuel.

— Avec dysfonctionnement, dit Susan.

— Parce qu'il n'y a pas pénétration.

— Sauf avec un revolver, dit Susan. Tu te rends compte de la peur qu'il doit avoir des femmes pour les attacher, les bâillonner, les réduire à l'impuissance et être quand même incapable d'avoir de vrais rapports. Il ne peut s'exprimer sexuellement que comme il le fait.

— S'exprimer ?

— Au sens premier du mot, répondit Susan.

— Ah. Et pourquoi des femmes noires ?

Susan secoua la tête.

— On ne peut pas le savoir. Les malades mentaux — et tout porte à croire que cet homme en est un — ont leur propre logique, une logique qui prend racine dans leur propre symbolique.

— Autrement dit, le fait qu'il est blanc et qu'elles sont noires ne suffit pas pour conclure qu'il les tue pour des raisons raciales.

— C'est ça. Ce que les femmes représentent pour lui, la raison pour laquelle il lui faut les traiter comme il le fait, sont peut-être fonction de leur négritude, ou de leur statut sur le plan social. A moins qu'il y ait pour lui une association qui lui est propre et que personne d'autre ne peut imaginer.

— Comme si, quand il était gosse, la lecture de *Black Beauty* l'avait traumatisé.

Susan sourit, ce qui était toujours un régal pour la vue. Quand elle souriait, elle le faisait de tout son être, tout son corps en était transformé et sa coloration avivée.

— En général, ce n'est pas aussi simple, mais c'est un peu ça. Etant donné l'intensité de la peur qui le fait agir, il se pourrait même qu'elles soient particulièrement différentes de ce qu'elles symbolisent.

— Ce type a tué trois femmes, il est difficile d'éprouver de la compassion sous prétexte qu'il a peur.

— D'accord, dit Susan. Mais il est intéressant d'essayer de comprendre. Il serait peut-être intéressant de s'interroger sur le ligotage des victimes. Est-il le même dans chaque cas? Pourrait-il avoir un aspect rituel?

— Est-il possible de prédire ce qu'il fera ensuite?

— C'est un domaine dans lequel les psy se défendent le plus mal, dit Susan. Nous sommes assez forts quand il s'agit d'expliquer le comportement humain mais nous ne sommes pas des sibylles.

— Il va probablement tuer une autre Noire.

— Probablement, dit Susan. Et il va probablement écrire d'autres lettres et tu finiras par le prendre.

— Peut-être.

— Sûrement. Tu es intelligent, tu es solide et ta volonté est absolument inépuisable.

— Ça, lui dis-je, c'est vrai.

— Et je vais t'aider, ajouta Susan.

Le minuteur sonna dans la cuisine. Je me levai et

allai sortir le riz du four. J'entrouvris le couvercle de la cocotte pour laisser échapper la vapeur, j'éteignis le four et me tournai vers Susan de l'autre côté du comptoir.

— Nous avons une décision à prendre, lui dis-je. Je peux mettre le dîner sur la table d'ici dix minutes, nous pourrions manger de bon appétit puis nous mettre au lit. Seulement, sachant que, vu ton âge, tu as tendance à somnoler après les repas, je me demande comment tu entends régler la question qui consiste en ce que je te saute dessus.

Susan avait encore une demi-flûte de champagne au Midori. Elle l'éleva vers la lumière et regarda un moment à travers, puis elle en but la moitié et me regarda, l'air songeur. Ses yeux étaient si grands et si foncés qu'ils ne semblaient avoir que la pupille, comme si l'iris avait disparu.

— Qu'est-ce qu'on mange ?

— Du poulet grillé au citron et au romarin, du riz complet aux pignons de pin, des petits légumes cuits à la vapeur et assaisonnés de la célèbre sauce Spenser à la moutarde et au miel, du pain de maïs et une bouteille de Chardonnay Iron Horse.

Susan termina son champagne, se pencha en avant, posa son verre sur la table basse et se leva. Elle se débarrassa des bottes de cow-boy, défit la fermeture du pantalon en cuir, se tortilla pour le faire glisser le long de ses jambes, le ramassa, le plia et le disposa soigneusement sur le dossier de la bergère. Puis elle se tourna et me regarda bien en face, m'adressa un sourire plein d'ardeur et me dit :

— A mon avis, il vaudrait mieux que tu me sautes dessus maintenant.

— Je savais que tu allais le dire.

— Quand as-tu commencé à t'en douter ?

— Quand tu as ôté ton pantalon.

— Oui, dit Susan en approchant son visage du mien. C'était sans doute un acte suggestif.

Je la pris dans mes bras.

— Tu sais ce que je regrette ? Je regrette l'ancien temps, avant les collants, quand il y avait des porte-jarretelles et l'éclair d'une cuisse au-dessus d'un bas.

— Mais où sont les neiges d'antan ? murmura Susan contre mes lèvres.

— Mais j'arriverai bien à me débrouiller, lui dis-je.

C'est ce que je fis.

Nous dînâmes plus tard, Susan vêtue d'une de mes chemises Oxford bleues, moi d'un pantalon de survêtement en tissu extensible — du genre à taille coulissée. Nous étions du dernier chic.

— Il se fait peut-être soigner ? Tu crois que je devrais voir du côté des analystes ? demandai-je à Susan.

Elle secoua la tête. Elle avait une goutte d'assaisonnement pour légumes sur le menton. Je me penchai et l'essuyai avec ma serviette de table.

— Il ne se fait probablement pas soigner, répondit Susan. Il ne doit pas en éprouver le besoin car ses besoins sont assouvis par le meurtre. Les gens cherchent à se faire aider quand ils souffrent d'un sentiment de frustration, quand la pression devient intolérable.

— Tout comme moi, lui dis-je. Quand je ne peux plus supporter la pression de la tumescence, je te demande de m'aider.

— Quand c'est dit comme ça, c'est *tellement* romantique.

— Je suis également motivé par le fait que je t'aime de façon indicible.

— Je sais, dit Susan. J'éprouve le même sentiment pour toi.

Nous restâmes un moment silencieux et la relation qui chatoyait entre nous était palpable et plus immuable que l'univers. Je levai un peu mon verre à vin et dis :

— Pour toujours.

Ses yeux étincelèrent quand elle me regarda.

— Probablement, dit-elle.

3

Rose rouge remit ça un jour pluvieux d'avril, où la neige était enfin partie et le menu trésor du premier vert de la nature commençait à poindre sur certains buissons. Dolores Taylor avait été danseuse exotique. Celle-ci était chanteuse. Elle s'appelait Chantelle, elle jouait du piano et chantait dans le salon du bar d'un hôtel proche de l'aéroport. Elle avait été assassinée dans une des chambres de l'établissement et découverte le matin par une femme de chambre qui tenait des propos incohérents car elle était encore sous l'effet du choc.

Quand j'y arrivai avec Quirk, les représentants de la presse sous toutes ses formes étaient tassés dans le couloir devant ce que j'entendis un reporter de la télévision appeler « la chambre mortuaire ». Les éclairages de la télévision étaient aveuglants. Nous franchîmes la porte gardée par un flic en uniforme, ventru, au nez rouge et au cou épais, qui hocha la tête en voyant l'insigne de Quirk et nous laissa entrer dans la chambre « mortuaire ». Je l'entendis, derrière nous, dire à quelqu'un :

— Il lui a fourré son putain de feu dans le con et il a pressé la détente.

Quirk l'entendit aussi. Il s'arrêta, se retourna, fit un pas vers la porte et, d'un geste, invita le flic au nez rouge à entrer dans la pièce.

— Lieutenant, Lieutenant, lui cria un reporter.

Quirk fit comme s'il ne l'entendait pas et referma la porte.

Il regarda le flic au nez rouge et lui dit doucement :

— La victime était une jeune femme qui est morte dans la terreur et dans la solitude. Si jamais je vous entends parler d'elle comme si elle était un morceau de viande, je me chargerai personnellement de retirer ce bon Dieu d'insigne de votre poitrine et de vous le faire bouffer, nom de Dieu.

Les veines du cou épais du flic se dilatèrent et sa bouche s'ouvrit. Quirk, qui se tenait tout près, imperméable ouvert, les mains dans les poches arrière de son pantalon, le regardait fixement.

Partout ailleurs, dans la pièce, les gens vaquaient à leurs occupations. Personne, à part moi et le flic au nez rouge, n'avait entendu la sortie de Quirk. Si l'on ne voyait pas les yeux de Quirk, on pouvait croire que les deux hommes parlaient du déjeuner.

Le flic au nez rouge ferma la bouche et se redressa un peu en disant :

— Oui, Monsieur.

Quirk ouvrit à nouveau la porte de la chambre et l'indiqua d'un signe de tête. Le flic au nez rouge retourna se mettre en faction. Très vite. Quirk fit demi-tour et se mit à parler au médecin légiste. J'allai regarder le cadavre. Je n'avais vraiment aucune raison de le faire. Cela ne m'apporterait aucun indice. Mais quand on enquête sur un meurtre, on est censé regarder le cadavre. Cela fait partie de la procédure et peut-être partie de la façon dont on comprend ce que représente le meurtre en général et ce que représentait celui-ci en particulier. J'avais horreur de ça et, comme d'habitude, je m'obligeai à ne pas plisser les yeux ou regarder en biais. Ce qu'elle avait subı, je pouvais le regarder. Je le fis.

Belson était là, près de la fenêtre, en train d'observer la chambre. Je l'avais déjà vu travailler. Il travaillait ainsi. Il se tenait debout et il examinait tout, autour de lui, il l'absorbait et au bout d'un moment il pouvait vous dire tout ce qu'il y avait dans la pièce et vous expliquer pourquoi c'était comme c'était. Son visage maigre était placide, presque rêveur. Le fin ruban de fumée bleue qui s'élevait de son cigare passait devant ses yeux, puis obliquait vers la fenêtre.

Je m'approchai, me tins à côté de lui et regardai les techniciens de la police relever les empreintes, mesurer et photographier.

— Il y a quelque chose de différent ? demandai-je. (Belson secoua la tête sans cesser d'observer la chambre.) Et les résultats du labo pour les autres affaires ?

— Qu'en pensez-vous ? demanda Belson.

— Je pense que l'analyse de sperme indique que son groupe sanguin est A et qu'il secrète du PGM I, répondis-je.

— Sous-groupe sanguin C, dit Belson.

— Ce qui signifie qu'il pourrait être un parmi

deux millions d'habitants de sexe masculin de Boston et de sa banlieue.

Belson continuait d'observer la pièce.

— Quarante-cinq pour cent des hommes de race blanche sont du sous-groupe sanguin C. Quatre-vingt-huit pour cent des hommes secrètent du PGM quand ils éjaculent. Quarante-cinq pour cent de ces hommes sont blancs. Ce genre de connerie est utile quand il s'agit d'éliminer des suspects, mais ça ne sert strictement à rien quand on n'en a pas. Et il n'a pas subi de vasectomie.

— A qui était cette chambre ?

— A elle. Pas d'alcool. Il ne semble pas qu'on ait dormi dans le lit. Rien n'indique que la porte ait été forcée.

— Je suppose que personne n'a entendu le coup de feu.

— Il a dû étouffer le bruit de la détonation avec un oreiller, dit Belson. (Il aspira de la fumée de cigare et la laissa échapper lentement.) Le corps de la femme a dû l'atténuer un peu.

J'approuvai d'un signe de tête. Il poursuivit :

— Nous sommes en train de faire contrôler tous les clients de l'hôtel. Il pourrait y avoir pris une chambre. Il doit quand même être difficile de se balader quelque part en portant six mètres de corde, un rouleau de chatterton et un revolver sans se faire remarquer.

— On peut s'enrouler la corde autour de la taille, sous la chemise, lui dis-je, mettre un petit rouleau de chatterton dans sa poche.

— Ouais, dit Belson. Ou le porter dans une

serviette en cuir. Mais nous contrôlons quand même. On ne sait jamais.

— Elle était ligotée de la même façon ?

— Je n'ai pas comparé les photos et les rapports, fit Belson, mais on dirait bien que c'est pareil.

— Nous pourrions nous en assurer, proposai-je.

Belson eut un hochement de tête affirmatif. Quirk s'approcha.

— Le personnel de l'hôtel, dit-il. Les clients, les gens qui se trouvaient au bar ?

— Dino rassemble tous les bulletins de paiement par carte de crédit, dit Belson. Richie s'occupe du personnel, O'Donnell et Rourke s'occupent des clients.

— Le parking ? demanda Quirk.

— Pas de gardien, répondit Belson. Nous avons le numéro de tous les véhicules qui s'y trouvent, mais nous n'avons aucun moyen de savoir quels véhicules y sont venus et en sont repartis.

— Bon. Je vais parler aux journalistes, dit Quirk. On a prévu un local ?

— La salle de bal, au premier.

Quirk hocha la tête et se dirigea vers la porte. Je l'accompagnai.

— Ils ont entendu parler de vous, me dit-il pendant que nous descendions en ascenseur. Autant que vous soyez par là quand ils m'interrogeront sur votre compte.

Dans la salle de bal, il y avait des chaises pliantes et environ deux douzaines de reporters. La plupart d'entre eux qui se trouvaient dans le couloir, en haut, étaient venus s'installer là. Les spots de la télévision avaient été installés et braqués sur un pupitre d'orateur, placé à l'avant de la salle. Je m'adossai au mur à côté de la porte, les bras croisés sur la poitrine, tandis que Quirk se dirigeait vers le pupitre. Il n'avait pas retiré son imperméable. Les preneurs de son de la télévision s'approchèrent, accroupis pour être au-dessous du champ de la caméra, en tendant de longs micros recouverts de caoutchouc mousse noir. Les photographes de presse commencèrent à mitrailler.

— Je suis le lieutenant Martin Quirk et je suis chargé de cette enquête. Pour le moment, nous n'avons aucun suspect pour ces meurtres, mais nous pensons qu'il y a un rapport entre eux. Le préfet de police m'a prié de vous assurer que tous les moyens seront mis à ma disposition jusqu'à ce que l'assassin soit appréhendé.

Quirk débita le passage concernant le préfet de police comme un gamin récite le Notre Père.

— Des questions ? fit-il, comme s'il demandait à un requin s'il avait faim.

— Pensez-vous que ces meurtres vont continuer, Lieutenant ?

— C'est probable.

— Quelles mesures avez-vous prises pour appréhender le tueur, Lieutenant ?

— Toutes.

— La façon d'opérer est-elle la même pour ce meurtre que pour les autres ?

— Oui.

— Quand pensez-vous procéder à une arrestation, Lieutenant ?

— Dès que nous aurons un suspect et suffisamment de preuves pour la justifier.

— Avez-vous des suspects, à l'heure actuelle, Lieutenant ?

— Non.

— Est-il vrai, Lieutenant, que l'assassin est peut-être un policier ?

— J'ai reçu une lettre non signée qui le prétend.

— Cette lettre est-elle authentique ?

— Je l'ignore.

— On m'a dit qu'il y avait du sperme sur les lieux de chaque assassinat, Lieutenant. Est-ce que c'est vrai ? Et dans ce cas comment est-il arrivé là ?

Quirk fixa un instant sur l'interrogateur un regard sans expression avant de répondre :

— C'est vrai. Nous supposons que l'assassin a éjaculé.

— Partez-vous du principe qu'il s'agit là d'une série de crimes raciaux, Lieutenant ?

— Nous ne savons pas qui est l'assassin. Nous ignorons pourquoi il tue. Il nous a paru sage d'attendre de le savoir pour porter un jugement.

— Mais, Lieutenant, n'est-il pas curieux que toutes les victimes soient noires ?

— Oui.

— Et pourtant, Lieutenant, vous ne voulez pas parler de crime racial ?

— Non.

— N'est-ce pas nier l'évidence, Lieutenant ?

— Non.

— Est-il vrai, Lieutenant, qu'un détective privé de Boston, va vous aider à travailler sur cette affaire ?

— Oui.

— Est-il payé avec des fonds municipaux, Lieutenant ?

— Non.

— Qui le paye, monsieur ?

— Personne. Il fait ça à titre gracieux.

— Est-ce parce que vous n'avez pas confiance en vos collègues, Lieutenant ?

— Non.

— Comment s'appelle-t-il, Lieutenant ?

— Spenser. Il est là-bas, près de la porte, ajouta Quirk. Je suis sûr qu'il sera ravi de vous parler.

Quirk s'écarta du pupitre et se dirigea vers la porte en traversant le groupe de reporters. En passant près de moi, il dit :

— Amusez-vous bien.

4

Le mercredi matin, il y avait un papier sur moi dans le *Globe*. UN PRIVÉ POURSUIT LE TUEUR A LA ROSE ROUGE, annonçait le titre. L'article parlait d'un certain nombre d'affaires dont je m'étais occupé, de mes relations sentimentales de longue date avec Susan Silverman, une psychologue de Cambridge et du fait que j'avais jadis été boxeur. Il omettait de signaler que, dès que je souriais, j'avais de ravissantes fossettes. Les journalistes passent toujours à côté du principal.

Wayne Cosgrove téléphona pour me demander s'il y avait quelque chose dont je n'avais pas parlé au reporter pendant la conférence de presse. Je lui dis que non. Il me demanda si je serais capable de lui mentir. Je lui dis que oui. Là-dessus, nous raccrochâmes. Je passai à la page des sports, lus « Tank Macnamara » et en étais aux annonces commerciales lorsque Quirk entra dans mon bureau. Il portait un chevalet, un tableau noir et un grand sac en papier. Je lui demandai :

— Vous êtes venu me donner des directives ?

Quirk installa le chevalet, posa dessus le tableau noir, sortit de la poche de son pardessus un paquet neuf de craie jaune et le posa sur mon bureau. Il sortit du sac deux serviettes en papier, qu'il déposa aussi sur mon bureau, puis deux tasses en carton, pleines de café et enfin deux petits pains qu'il déposa soigneusement chacun sur une serviette. Cela fait il s'assit dans le fauteuil réservé à mes clients.

— Comment va Susan ? me demanda-t-il.

— Elle est toujours aussi belle, intelligente et folle de moi.

Quirk releva soigneusement un côté du couvercle en plastique de sa tasse de café, pour dégager un triangle bien net et laissa le reste du couvercle en place.

— J'ai du mal à croire que quelqu'un puisse être les trois à la fois.

— Vous êtes jaloux parce que c'est ma photo qui est passée dans le *Globe* d'aujourd'hui, pas la vôtre.

Quirk but un peu de café.

— Ouais, c'est ça, dit-il. Voyons ce que nous savons de cette affaire de Rose rouge.

— D'accord.

Quirk se leva et s'approcha du tableau noir.

— Si ça ne vous ennuie pas, je veux laisser ça ici, comme ça.

— D'accord.

Quirk écrivit sur le tableau :

Le Tueur

1. Probablement blanc
2. Sous-groupe sanguin C

3. Pas de vasectomie
4. Secrète PGM I
5. Ejacule sur les lieux
6. Victimes... noires
   a) Prostituée
   b) Serveuse
   c) Danseuse exotique
   d) Chanteuse

— Que savons-nous d'autre, de lui ? demanda Quirk.

— Les victimes sont noires, mais les quartiers où il les tue sont blancs en majorité, répondis-je.

— Cf. le numéro 1, dit Quirk.

— Et les victimes. Est-ce que leur choix a une signification ?

— De la pierreuse à la chanteuse, par exemple ? fit Quirk.

— Peut-être une progression dans l'échelle sociale.

— Si c'est sa façon de penser, dit Quirk.

— Les psys des services de médecine légale vous ont déjà remis leur rapport ? demandai-je.

Quirk haussa les épaules.

— Ouais, mais faut voir ça. Fureur contre les femmes ou fureur contre les Noirs ou contre les deux. Le revolver témoigne d'un fort refoulement sexuel ; les traces de sperme peuvent être dues à la masturbation ou à l'éjaculation involontaire. Quand il presse la détente, par exemple.

— Oh, la, la.

— Hmm. Vous avez parlé de l'affaire à Susan ?

— Ouais.

— Qu'est-ce qu'elle en dit ?

— Le même genre de choses. Entre autres que les malades mentaux ont un système de symboles qui leur est propre et qui ne correspond pas forcément à celui des autres.

— Ce qui signifie que ce n'est pas parce qu'il tue des femmes noires qu'il hait les femmes noires, dit Quirk.

— Oui, c'est simplement qu'il hait, ou qu'il craint, ou autre, ce que les femmes noires symbolisent pour lui.

— Elle a une idée de ce que ça pourrait être ? demanda Quirk.

— Je lui ai posé la question. Elle m'a jeté le coup d'œil du psy et m'a dit : « La merrh, nous regarhdons fers la merrh. »

— Elle aussi, dit Quirk. Alors nous devrions chercher un flic qui a eu des ennuis avec sa maman.

— Peut-être.

— Parmi des effectifs qui sont à quatre-vingts pour cent irlandais.

— Bon, lui dis-je. Essayons de prendre le problème autrement. Le tueur est-il vraiment un flic ?

— Pourquoi dire qu'il est flic s'il ne l'est pas ?

— Pourquoi dire qu'il est flic s'il l'est ?

Quirk secoua la tête.

— Retour à la case départ. Nous ne savons strictement rien.

— Lui, il sait où vous habitez.

— Je vous l'ai dit, mon adresse est dans l'annuaire.

— Pas dans celui de Boston. Il savait qu'il fallait regarder dans l'annuaire de la banlieue sud.

— C'est facile à deviner, dit Quirk. Quelqu'un qui a un nom irlandais et qui n'habite pas le centre ville — on peut se douter qu'il vit sur la « Riviera irlandaise ».

— D'accord, mais ça signifie qu'il s'est donné un peu de mal. S'il n'est pas flic, s'il ne vous connaît pas, ça veut dire qu'il a dû commencer par se renseigner pour savoir qui était chargé de l'affaire, avant de chercher votre adresse personnelle, dans l'annuaire ou ailleurs, et tout ça pour vous dire qu'il est un flic.

— Ça lui donne un sentiment de puissance, dit Quirk. Beaucoup de déséquilibrés se procurent un sentiment de puissance en apprenant des trucs sur le flic qui les poursuit.

Quirk se tint un moment sans rien dire à côté du tableau noir. Puis il posa la craie, s'approcha de mon bureau et s'assit dans le fauteuil de mes clients. Le bruit de la circulation dans Berkeley et dans Boylston Street filtrait par la fenêtre entrouverte. Je me tournai pour regarder dehors.

La pluie glissait encore le long des vitres, comme elle l'avait fait pendant toute la semaine. On parlait de danger d'inondations dans l'ouest de Massachusetts. Des nuages entouraient le haut du Hancock building et, là où les bouches d'égout étaient obstruées, l'eau passait par-dessus la bordure et coulait sur le trottoir.

Je reportai mon regard sur Quirk. Il regardait fixement sa tasse vide en la faisant lentement tourner entre ses doigts épais.

— Côté balistique ? demandai-je.

— Les balles ont été tirées par le même revolver, mais nous ne savons pas *quel* revolver, répondit-il.

— Et si vous preniez un échantillon avec le revolver de chaque flic ?

— Le préfet ne veut pas. Il dit que le syndicat ferait un scandale. Que ça ferait injustement un suspect de chaque policier et que ça entraverait les fonctions des services de police, qui, comme vous le savez, consistent à servir et protéger les citoyens.

Les doigts de Quirk firent soudain tournoyer la tasse et la projetèrent dans ma corbeille à papier.

— De toute façon, dit Quirk, il ne se servirait probablement pas de son propre feu.

… Il sentait dans son bas-ventre une tension intense.

— Elle voulait toujours rivaliser avec moi, dit-il.

— Votre mère ?

— Oui. Elle voulait faire des paniers avec nous, des trucs comme ça.

— Quel âge aviez-vous ?

— J'étais gosse, huit, neuf ans.

— Alors il était difficile de rivaliser avec elle, dit la psy.

— Eh bien, oui, quand j'étais petit.

— Il est difficile pour un enfant de rivaliser avec un adulte, dit la psy.

— Ben oui, merde, quand on est vraiment petit, même si c'est une femme.

La tension dans son bassin bourdonnait le long des trajets nerveux. Il avait le souffle court.

— Mais vous savez, je suis vite devenu plus grand et elle ne pouvait plus rivaliser avec moi.

— Pas au basket-ball, en tout cas, dit la psy.

Une fois, il les avait surpris, une nuit où il allait au

petit coin. Il avait entendu la voix de sa mère et s'était arrêté pour écouter. La porte n'était pas tout à fait fermée.

— Pour l'amour du ciel, George, tu es trop soûl pour faire même ça.

Il avait entendu le lit grincer et les ressorts tressauter.

— Qu'est-ce qu'il faut que je fasse, que je le frotte jusqu'à ce que tu te rappelles à quoi ça sert ?

La voix de son père n'avait été qu'un marmonnement. Il y avait encore eu des mouvements. Il s'était rapproché de la porte. Soudain la porte s'était ouverte en grand et sa mère avait été là, devant lui, nue.

— Sale petit cochon, avait-elle dit.

Il n'avait pas oublié ce qu'il avait ressenti, son estomac noué, quand elle l'avait ramené en le traînant par les cheveux jusqu'à sa chambre dont elle avait claqué la porte. Il avait entendu la poignée branler et quand il avait essayé d'ouvrir, il n'avait pas pu. Elle l'avait bloquée en l'attachant. Il avait encore envie d'aller aux toilettes et il s'était assis par terre, près de la porte, avec son envie de faire pipi, ressentant de la peur et autre chose qu'il ne comprenait pas et il avait pleuré.

— Maman, maman, maman.

5

J'étais dans mon bureau, en train de me demander si j'allais sortir prendre une deuxième tasse de café, quand Hawk entra sans frapper, s'installa dans le fauteuil des clients et posa ses Air Jordan sur le bord de mon bureau. Il portait un jean amidonné et une veste croisée en cuir, qui semblait taillée dans la peau d'un tatou d'Arabie. Il apportait deux cafés dans un sac en papier. Oui, bon, pourquoi pas ? Je ne voulais surtout pas le vexer.

— Tony Marcus m'a téléphoné aujourd'hui, dit Hawk. Il m'a demandé si nous pourrions déjeuner avec lui.

— Déjeuner ? Avec Tony Marcus ? Et ce soir, quel est le programme ? On dîne et on danse avec Imelda Marcos ?

— Tony dit qu'il peut t'aider pour l'affaire de la Rose rouge.

— Pourquoi ?

Hawk haussa les épaules en répondant :

— Ça lui plaît pas quand un mec tue des femmes noires.

— Tony s'est transformé en activiste ?

— Depuis toujours, les femmes noires représentent le gagne-pain de Tony, me dit Hawk. Peut-être qu'il ne veut pas qu'on tarisse sa source de revenus.

— Pourquoi est-ce qu'il t'envoie ?

— Tony pense que tu ne l'aimes pas. Il pense que peut-être s'il t'envoie un de ses, euh, employés, tu risques de lui taper dessus.

— D'accord, où est-ce qu'on mange ?

— Tony aime bien le Legal Seafood de Park Square.

— Moi aussi. Quelle heure ?

— Midi.

— Tu crois que Tony sait quelque chose ?

Hawk secoua la tête.

— Je crois plutôt qu'il veut voir si *tu* sais quelque chose.

— Ça va être un repas silencieux, lui dis-je.

Legal servait les meilleurs fruits de mer de la ville et ne vous obligeait pas à mettre une cravate pour les déguster. Quand j'y arrivai avec Hawk, Marcus était déjà là, assis à une table en compagnie d'une blonde qui avait les lèvres peintes en mauve-lavande et les cheveux ramassés d'un côté. Marcus avait le cou adipeux, une grosse moustache et des cheveux crépus, ras et parsemés de gris. Il avait un air plutôt doux auquel il ne fallait pas se fier. Il s'était introduit de force dans la pègre italo-irlandaise de Boston et s'était approprié la communauté noire. Il ne se passait pas grand-chose à Roxbury ou dans Blue Hill Avenue sans que Tony soit dans le coup. Le Boston noir était pratiquement sa propriété et la pègre blanche, les flics et les nouveaux venus jamaïcains n'avaient rien pu y faire. D'un signe de tête, Tony indiqua les deux chaises vides et Hawk et moi nous assîmes.

— Les Bloody Mary sont excellents, ici, dit Tony.

Il en avait un devant lui. La blonde avait un verre de vin blanc. La serveuse arriva.

— Je vais vous chercher quelque chose au bar ? demanda-t-elle.

Je commandai une bière San Adams. Hawk commanda un champagne Cristal.

— Eh ben, Hawk, dit Marcus.

Hawk eut un sourire dénué d'humour ou de signification.

— Vous travaillez avec Quirk sur cette affaire de Rose rouge ? fit Marcus. Qu'est-ce que vous savez en dehors de ce qui est dans les journaux ?

— Rien, répondis-je. Et vous ?

Marcus secoua la tête sans rien dire. La serveuse apporta ma bière, le champagne de Hawk, un autre Bloody Mary pour Marcus et un autre vin blanc pour la blonde. Elle déboucha le champagne, en versa dans le verre de Hawk et mit la bouteille dans un seau à côté de lui. Il lui sourit et elle eut l'air troublé.

— Voulez-vous attendre un moment avant de commander les repas ? demanda-t-elle.

Hawk hocha la tête et sourit à nouveau. Elle rougit un peu et s'éloigna rapidement.

— La petite est tombée amoureuse de moi, annonça Hawk.

— C'est bien normal, lui dis-je.

La blonde eut l'air perplexe.

— Moi, ça me plaît pas qu'un tordu blanc se

balade en ville en zigouillant des femmes noires, dit Tony.

Je levai mon poing fermé et le tins un moment au-dessus de ma tête.

— Ouais, mon frère, murmura Hawk en portant le verre de champagne à ses lèvres.

Marcus secoua la tête.

— Je ne m'attends pas à la compréhension d'un Blanc, dit-il. Mais vous, Hawk ?

Hawk posa son verre et se pencha légèrement vers Marcus.

— Tony, dit-il, je suis pas noir, il est pas blanc et vous, probablement, vous êtes même pas humain. Vous voulez faire bonne figure du côté de Grove Hall et ça vous regarde. Mais nous faites pas chier avec ces conneries de frères noirs.

La serveuse revint prendre notre commande. Je choisis des calmars frits à la Cajun. Marcus commanda du serran pour lui et pour la blonde. Hawk prit des coquilles Saint-Jacques.

Quand la serveuse fut repartie, Marcus eut un petit sourire et dit :

— Vous n'avez jamais été particulièrement sentimental, Hawk.

Hawk se servit encore un peu de champagne.

— Bon, alors mes raisons n'ont aucune importance, poursuivit Marcus. Moi, tout ce que je dis, c'est que si je peux vous aider dans cette affaire, je le ferai. J'ai plein de contacts, j'ai plein de ressources.

— Qu'est-ce qui vous fait croire que le tueur est un Blanc ? demandai-je.

— Ce qu'ils ont dit dans les journaux, répondit Marcus.

Il termina son Bloody Mary et fit signe à la serveuse de lui en apporter un autre et un vin blanc pour la blonde. La serveuse me regarda. Je secouai la tête. Elle s'en alla. Je dis à Marcus :

— Je n'ai aucune sympathie pour vous, Tony.

Marcus haussa les épaules. Il ne semblait pas consterné.

— Mais j'accepterai de l'aide, d'où qu'elle vienne. Le problème est que je n'en sais même pas assez pour poser une question intelligente. On peut supposer que ce type est blanc et qu'il est cinglé. Je n'en sais pas plus que ce que vous avez lu dans le *Globe*. Tout ce que je peux dire, c'est que si jamais vous entendez quelque chose, faites-le-moi savoir. Et si vous attrapez ce type...

Je haussai les épaules.

— Si on l'attrape, on le tue, dit Marcus.

— Ça ne me dérange pas. Vous avez descendu des gens pour des raisons bien pires.

La nourriture arriva. Comme d'habitude, chez Legal, on apportait les plats à mesure qu'ils étaient prêts, c'est pourquoi mes calmars et les coquilles Saint-Jacques de Hawk furent servis avant le serran.

— Allez-y, mangez, dit Marcus.

— Vous croyez vraiment qu'il est flic ? demanda-t-il un moment après.

— Oui, répondis-je.

— Vous devriez peut-être répandre la nouvelle que Tony Marcus s'intéresse à cette affaire. Ça pourrait lui donner à réfléchir.

Je regardai Hawk. Il eut un sourire heureux et mangea une coquille Saint-Jacques.

— Le type qui fait ça n'est pas du genre à

réfléchir, dis-je. Ce qu'il fait n'a rien à voir avec la réflexion. Il le fait sans doute parce qu'il en a besoin. On ne l'arrêtera pas en essayant de lui faire peur.

— Mais les journaux publieraient peut-être la nouvelle, dit Hawk comme s'il se parlait à lui-même.

— Le Baron noir du crime se porte volontaire pour aider à coincer le Tueur à la Rose rouge.

— Pas mal, comme pub, lui dis-je. Est-ce que ce ne serait pas que les Fédés vous ont à l'œil ?

La serveuse apporta le serran. Marcus y goûta et hocha la tête.

— De toute façon, dit-il, n'oubliez pas que Tony Marcus est à votre disposition avec toutes les ressources de l'organisation.

— Vos gagneuses ont la trouille, lui dis-je.

Marcus fronça les sourcils.

— En fait, c'est ça. Vos putains ne veulent pas risquer de prendre un client blanc parce qu'elles ont peur que ce soit le gars Rose rouge.

Marcus sourit, sincèrement, tout en mastiquant son serran.

— C'est mauvais pour les affaires, dit Hawk.

— C'est ce qu'il y a eu de pire, dans le métier, depuis le SIDA, dit Marcus.

— C'est pratique, d'avoir une vraie raison, lui dis-je.

— Il y a peut-être plus qu'une seule vraie raison, fit Marcus.

Hawk et moi avions fini de manger. Hawk sortit la bouteille du seau à glace. Elle était encore à moitié pleine. Il la remit dans le seau. Nous nous levâmes ensemble.

— Si j'apprends quelque chose, Tony, je vous le ferai savoir, lui dis-je. Et vice versa.

Marcus hocha la tête et tendit la main. Je ne la serrai pas. Hawk non plus.

— Terminez le champagne, Tony, dit Hawk. Ça va bien avec six Bloody Mary.

Nous lui tournâmes le dos et nous éloignâmes. J'entendis Marcus grommeler à la blonde.

— Drôle de couple, ces cons-là.

Je tournai la tête. Tony nous regardait partir et la blonde versait le champagne de Hawk dans son verre à vin vide, avec un sourire automatique.

6

Le mercredi matin, je reçus une cassette par la poste. Les nom et adresse de l'expéditeur ne figuraient pas sur le paquet et il n'y avait rien d'écrit sur l'étiquette de la cassette. Je m'approchai de la chaîne hi-fi du bureau et retirai du magnétophone ma cassette de Ben Webster. Venant des baffles dignes de Ben Webster, j'entendis le chuchotement rauque d'une voix d'homme :

Spenser ? Comment ça va ? Je suis le gars que vous êtes tous en train de chercher. Je suis le gars qui fait ça aux filles de couleur. Tu crois que tu pourras me trouver ? Moi, je ne crois pas. Je crois que tu n'es pas assez fort. Je crois que si jamais tu te trouves en face de moi, tu seras face à une situation qui te dépasse. Qui sait, pendant que tu me cherches, je serai peut-être en train de te chercher, toi. Et moi, je sais qui tu es.

Le chuchotement était sans doute une façon de déguiser sa voix. Le débit était celui d'un homme qui lit un texte écrit d'avance par lui. Il n'y avait aucun bruit de fond, aucun son révélateur comme une pendule carillonnant sur la côte de la Bohême ou le hennissement d'un zèbre qu'on ne trouve que dans la plaine centrale de la Tasmanie.

J'écoutai à nouveau la cassette et n'entendis rien de nouveau. Je la rebobinai et l'écoutai encore. Après le cinquième passage, je voulus bien admettre qu'il n'y avait rien à entendre de plus que ce que j'avais entendu la première fois. J'appelai Quirk pour lui parler de l'enregistrement que j'avais reçu et il me dit que Belson viendrait chercher la cassette.

Ce qu'il fit.

Quand Belson fut reparti, je m'efforçai d'additionner ce que je savais du Tueur à la rose rouge. Total : trois fois rien. Ce qui l'avait poussé à écrire à Quirk l'avait aussi poussé à m'envoyer la cassette. Du moins, c'était possible. Tout comme il était possible que la raison en fût tout autre. Ou même que ce ne soit pas lui qui l'ait envoyée. L'expéditeur était peut-être un plaisantin. A moins que ce ne soit la lettre de Quirk qui provenait d'un farceur. Ou bien la lettre *et* la cassette.

Des années d'expérience m'avaient appris comment réagir quand je me heurtais à un mystère enrobé d'une énigme. Je fermai le bureau à clé et me rendis à mon club d'éducation physique où je passai deux bonnes heures à pédaler, soulever des poids, faire des pompes et boxer contre un sac de sable.

J'appréciai cette belle journée de printemps en rentrant à pied au bureau. Je portais un pantalon de treillis, des Reebok blancs, ma veste en cuir et une chemise blanche à larges rayures bleu lavande — la tenue la plus osée que je me permette. Je me sentais fort et je me sentais propre ; c'était toujours comme ça quand je m'étais physiquement dépensé. Je savais que dans la soirée, avant le dîner, les deux bières que je boirais auraient exactement le goût qu'il fallait.

J'aurais quand même bien aimé savoir pourquoi le Tueur à la rose rouge m'avait menacé.

7

Le jeudi matin à 9 h 40, je me trouvais dans le bureau de Quirk avec qui j'essayais de comprendre pourquoi Rose rouge m'avait menacé.

— C'est peut-être une variation sur le thème : « Attrape-moi avant que je remette ça », dit Quirk. Peut-être une sorte de défi pour nous faire travailler plus dur.

— Vous avez entendu la cassette, lui dis-je. C'est l'effet qu'elle vous a fait ?

— Non, répondit Quirk. On dirait qu'il vous en veut. (Quirk avait ôté son manteau et l'avait soigneusement placé sur un cintre accroché au portemanteau. Il avait retroussé les manches de sa chemise blanche. Sa cravate en soie rose était desserrée et son col amidonné, ouvert. Il me parlait renversé contre le dossier de son fauteuil pivotant, les mains croisées derrière la tête. Ses biceps soulevaient le tissu des manches de sa chemise.) Mais pourquoi vous en voudrait-il ?

— Qui pourrait m'en vouloir, d'ailleurs ?

Quirk grogna, puis me dit :

— Peut-être qu'il vous connaît.
— Et ne m'apprécie pas beaucoup.
— Pour aussi invraisemblable que cela puisse paraître.
— N'oubliez pas, lui dis-je, que cet homme est un malade mental.
— Les flics qui vous connaissent et ne vous aiment pas ne sont pas aussi rares que les dents d'une poule, commenta Quirk.
— Évidemment, ce n'est peut-être pas un flic et il ne me connaît peut-être pas et il se passe peut-être autre chose. Susan n'arrête pas de me rappeler que deux et deux ne font pas forcément quatre, dans cette affaire.
Un policier en uniforme frappa à la porte en verre du bureau de Quirk. Quirk lui adressa un signe de tête. Le policier ouvrit la porte et dit :
— Le commissaire principal Clancy, avec plusieurs personnes, Lieutenant.
Quirk eut un autre signe de tête et le policier s'en alla en laissant la porte entrouverte.
— Le commissaire adjoint, rectifia Quirk. Relations avec la communauté. Les gens doivent être un groupe de citoyens qui vont me demander instamment d'attraper Rose rouge.
Je fis mine de me lever mais Quirk secoua la tête en disant :
— Non, restez. Ça vous rappellera la raison pour laquelle vous avez quitté la police.
Je me rassis.
Clancy entra avec quatre personnes, deux noires, deux blanches. Une d'entre elles était une femme blanche. Clancy, un petit homme propre et net, au

visage de taupe, avait une chemise blanche à pattes d'épaules et une casquette bleue à galon doré. L'insigne sur sa chemise brillait comme un miroir et il portait une arme de poing, courte, très haut, sur sa ceinture, ce qui, pour les types du commissariat principal, est une marque de distinction. Le pli de son pantalon était net et ses chaussures fraîchement cirées étincelaient.

— Le révérend Trenton, dit Clancy en présentant un des hommes noirs, monsieur le député Rashad, M. Tuttle du Comité d'action chrétienne unifiée et Mme Quince des Amis de la liberté.

— Enchanté, fit Quirk.

Tous, sauf Quirk, tournèrent leur regard vers moi. Quirk fit comme s'il ne l'avait pas remarqué et demanda :

— Que puis-je faire pour vous ?

Rashad prit la parole :

— Le préfet Wilson a dit que vous pourriez nous renseigner sur la série de meurtres qui se sont abattus sur la communauté.

— L'année dernière, dit Quirk, trente-six personnes de race noire ont été tuées dans cette ville. Personne n'est venu demander de renseignements. Personne n'a parlé de meurtres raciaux.

— N'essayez pas de vous dérober, Lieutenant, dit Rashad. Nous voulons savoir si vous avez progressé dans votre enquête sur cette sombre affaire.

Un homme solide, le vieux Rashad, un type habitué à être une personnalité officielle et qui n'allait pas s'en laisser conter par un fonctionnaire de la police, de rang intermédiaire. Rien qu'à le regarder, j'avais la chair de poule.

— Vous lisez les journaux ? demanda Quirk.
— Bien sûr, répondit Rashad.
Ses cheveux crépus étaient coupés très court, sa moustache soigneusement taillée. Il portait un costume bleu marine, une chemise blanche dont les pointes du col étaient longues et une cravate à rayures bleues et rouges. Il avait, autour du cou, une chaîne en or d'où pendait un médaillon en or qui reposait sur sa poitrine, au-dessus de la cravate. Sur le médaillon, le profil d'un Africain était gravé en relief.
— Voilà les progrès que nous avons réalisés, dit Quirk.
La femme blanche, Mme Quince, se pencha légèrement en avant. La concentration lui donnait un air renfrogné.
— Vous ne savez rien qui n'ait été publié dans les journaux ? demanda-t-elle.
— Pratiquement rien, répondit Quirk.
— Ça ne nous suffit pas, Lieutenant, dit Rashad.
— Non, renchérit Mme Quince. Nous voulons tout savoir.
— Pourquoi ? demanda Quirk.
Mme Quince ouvrit la bouche, la referma, puis regarda Rashad.
— Lieutenant Quirk, dit Clancy.
— Laissez, Jerry, dit Rashad. Je sais comment m'y prendre avec le Lieutenant.
Tuttle, qui n'avait pas encore parlé, intervint :
— Il me serait très désagréable, Lieutenant, de signaler à Pat Wilson que vous avez fait preuve de mauvaise volonté.
Quirk se tut.

Ce fut au tour du Révérend Trenton de prendre la parole, très doucement :

— Si nous sommes ici, lieutenant Quirk, c'est pour nous assurer que la police consacre tous ses efforts à cette affaire. Car cette affaire préoccupe beaucoup la communauté noire, les femmes, tous ceux d'entre nous qui s'opposent au racisme, dans cette ville.

— Et au sexisme, ajouta Mme Quince.

— Et au meutre, dit Quirk. Et au mauvais usage de la corde à linge.

— Lieutenant, dit Mme Quince, cette réflexion est déplacée.

Quirk approuva d'un signe de tête.

— Certainement, madame Quince, et je vous prie de m'en excuser. L'ennui, c'est que votre visite est également déplacée.

Rashad déclara :

— Tous les habitants de cette communauté sont en droit de vous tenir pour responsable.

— Bien sûr, dit Quirk.

— Et il y a, quelque part dans la ville, un raciste enragé, un assassin sexiste qui reconnaît lui-même faire partie de vos services. Nous voulons des réponses, pas des boutades, et nous les voulons tout de suite.

— Il vous faudra peut-être vous contenter de boutades, répliqua Quirk, car je n'ai pas de réponses.

— Aucune raison de vous fâcher, Martin, dit Clancy.

— Ah, vous croyez ? grogna Quirk. Ils se pointent ici pour s'assurer que je fais mon boulot.

Comme si j'allais oublier de le faire s'ils ne venaient pas me le rappeler.

— Lieutenant, dit Trenton, on ne peut pas reprocher à la communauté noire son manque de confiance en la police. Quel mal vous êtes-vous donné, dans le passé, pour résoudre ce que j'ai entendu certains d'entre vous appeler un meurtre de « noiraud » ?

Je vis Quirk respirer profondément. Il se pencha en avant et posa ses mains à plat sur le plateau de son bureau.

— Révérend, dit-il, mon métier est de faire des enquêtes criminelles. Je l'exerce depuis vingt-sept ans. Je m'efforce de résoudre chaque affaire de meurtre, d'attraper chaque assassin, parce qu'on me paie pour le faire et parce que je veux le faire. Je le fais qu'on me surveille ou non, que la victime soit noire ou blanche, homme ou femme ; que le préfet s'assure ou non que je le fasse, que vous vouliez ou non que je le fasse, que Dieu veuille ou non que je le fasse.

Quirk s'interrompit. Personne ne parla. Quirk reprit :

— Vous, par contre, vous quatre, vous n'êtes pas payés pour attraper des assassins, et si vous l'étiez, vous ne sauriez pas comment le faire. Mais vous êtes là. Avouez que votre présence ici ne fera pas appréhender l'assassin. Vous êtes venus pour pouvoir dire à vos électeurs, à vos paroissiens, ou aux membres de votre association que vous avez la situation bien en main et que vous êtes donc des gens formidables.

Quand il eut terminé, le silence fut presque palpable.

Rashad finit par le rompre en disant :

— Eh bien, étant donné votre attitude, il est clair qu'il ne peut servir à rien de poursuivre cette entrevue.

Quirk eut un sourire aimable.

Tuttle me regarda.

— Je ferai mon rapport sur cette réunion au préfet Pat Wilson, dit-il. Puis-je vous demander qui vous êtes ?

— Orotund Vowel, répondis-je. Je suis le professeur d'élocution du Lieutenant.

Tuttle me regarda fixement. Il savait que je le charriais mais il ne savait que dire. Finalement, il fit demi-tour et sortit le premier de la pièce.

— Orotund Vowel ? demanda Quik.

— Pourquoi pas ?

— Vous êtes un drôle de zèbre.

— … J'ai été le sien tant que j'ai été gosse, disait-il.

— Son quoi ? demanda la psy.

— Comment ça « son quoi » ? J'étais son fils.

L'analyste hocha la tête.

Il voulait en dire plus, à propos de ce qu'il était.

— Je n'étais qu'un enfant, vous savez, elle se faisait tout le temps du souci pour moi.

— Comment savez-vous qu'elle se faisait du souci ?

Merde, elle pouvait rien trouver toute seule ?

— Elle le disait et quand je faisais des trucs qui lui faisaient faire du souci, elle en était, quoi, malade.

— Malade ? fit la psy.

— Ouais, elle s'allongeait sur le canapé et elle ne parlait pas de toute la journée et elle avait cette expression, comme si elle avait des crampes ou quelque chose comme ça. Vous savez, comme les bonnes femmes quand elles ont leurs règles.

En disant cela, il ressentit des fourmillements d'audace et de culpabilité.

— Vous voyez, quoi, mauvaise. Garce.

— Que signifie pour vous être une garce ?

— Ça veut dire être de mauvais poil, ça veut dire, vous savez, ne pas vous parler, être fâché contre vous... ne pas vous aimer. Ne pas être gentille avec vous.

La psy hocha la tête.

— Si j'arrivais à la maison en retard pour le dîner, ou si je trainais dehors avec les copains, ou si je sortais.

Il sentait sa gorge se contracter et puis la façon dont son nez lui picotait.

— Si vous sortiez ? dit la psy.

— Avec des filles, précisa-t-il. (Ses yeux larmoyaient. Il sentait bouillir en lui un sentiment de frustration et de honte.) Elle me disait de toutes les filles qu'elles allaient tirer de moi tout ce qu'elles pourraient.

Il essayait de refouler les larmes chaudes. Il tourna la tête.

— Laissez-les couler. Nous verrons ce qui sortira en même temps, dit la psy.

Pas question. Il n'allait pas pleurer ici. Sa mère ne l'avait jamais surpris en train de pleurer. Il garda la tête baissée et se força à respirer calmement. Il sentait la pression dans son bas-ventre.

— Je suis capable de me contrôler, dit-il.

— Encore aujourd'hui ? demanda la psy.

Il ressentit un frémissement de peur.

— Absolument, répondit-il.

— Il est important de pouvoir se contrôler, dit la psy.

— Perdre le contrôle de soi, c'est se perdre soi-même, dit-il.

La psy attendit.

— Quelqu'un d'autre prend le contrôle, poursuivit-il. On n'a pas le contrôle de soi-même, c'est les autres qui l'ont.

— Et ils tireront de vous tout ce qu'ils pourront, dit la psy.

Il voulut parler mais en fut incapable. Il avait le sentiment de s'être débarrassé de quelque chose. Il se sentait chancelant. Il aspira profondément. Souffla. Les muscles de ses bras étaient crispés et il pressait ses coudes contre les bras du fauteuil.

— Ma mère disait toujours ça, dit-il.

La psy hocha la tête.

8

La victime suivante, une enseignante, fut tuée dans son appartement de Park Drive, donnant sur The Fenway. C'était le samedi, à l'heure du déjeuner. Quirk, Belson et moi observions à nouveau les lieux du crime. C'était pareil que les autres fois. La corde. Le chatterton. Le sang. Un des inspecteurs du commissariat du quartier lisait à Belson ce qui était écrit sur un carnet.

— Son nom : Emmeline Washburn, disait-il. Elle enseignait au Cours Luther Bank, la classe de sixième. Quarante-trois ans, séparée de son mari, vivait seule. Son mari est là. (D'un signe de tête, il indiqua un Noir assis, immobile, sur un canapé rouge, inconfortable, le regard dans le vide.) Emmeline est allée au cinéma avec une amie qui habite Gainsborough Street, Deirdre Simmons. Elle est partie de chez Deirdre vers dix heures et quart et avait l'intention de rentrer à pied. Son mari est arrivé ce matin dans l'intention de déjeuner avec elle ; c'est lui qui l'a trouvée. Il n'a pas pu nous dire grand-chose. Le médecin légiste n'a pas encore déterminé l'heure de la mort. Mais c'est déjà la rigidité cadavérique. La façon d'opérer semble être la même que pour les quatre autres.

— Vous avez déjà vérifié l'alibi du mari ? demanda Quirk.

L'inspecteur secoua la tête.

— Il est mal en point, Lieutenant. Tout ce que j'ai pu savoir jusqu'à maintenant, c'est qu'il l'a trouvée morte.

— Je vais lui parler, fit Quirk. (Il s'approcha de l'homme assis.) Je m'appelle Martin Quirk. De la Criminelle.

— Washburn, dit le mari. Raymond Washburn.

En parlant, il ne levait pas les yeux vers Quirk. Il ne les baissait pas sur la morte. Son regard était toujours fixé sur un point dans le vide.

— Je suis désolé, dit Quirk.

— Nous allions nous remettre ensemble, fit Washburn en hochant la tête. Ça faisait un an que nous étions séparés et nous avions consulté un conseiller matrimonial et ça avait marché et nous allions reprendre la vie commune.

Comme il parlait, son corps devint soudain tout flasque et il se pencha lentement en avant sur le canapé. Quirk tomba sur un genou et attrapa Washburn au moment où il basculait du canapé. Washburn devait peser dans les quatre-vingt-dix kilos et Quirk dût se caler pour ne pas perdre l'équilibre au moment où il recevait ce poids mort. Sans effort apparent, il se releva avec Washburn qu'il encerclait de ses bras. Washburn n'avait pas perdu connaissance. Je vis son regard sans expression par-dessus l'épaule de Quirk quand celui-ci se redressa. Puis il se mit à pleurer. On aurait dit que les sanglots lui étaient arrachés. Quirk soutint Washburn et le laissa pleurer jusqu'à ce qu'il s'arrête. Alors il le fit doucement se rasseoir sur le canapé. Quand il le lâcha, Washburn s'affaissa comme s'il n'avait plus aucune force. Le visage mouillé, il avait les yeux gonflés.

Quirk regarda un des infirmiers qui étaient arrivés dans l'ambulance.

— Il a besoin d'assistance médicale, dit-il.

— Nous allons l'emmener à l'hôpital, répondit l'infirmier. Un médecin s'occupera de lui.

Quirk approuva d'un hochement de tête, puis il me regarda :

— Vous avez des idées ?

— Non.

— Vous, Belson ?

— Non.

— Moi non plus, dit Quirk. Fichons le camp.

Nous nous rendîmes à mon bureau. Je m'assis à ma table de travail, Quirk de l'autre côté, Belson resta debout, comme il le faisait presque toujours, et s'appuya contre le mur. La pièce sentait le renfermé. J'ouvris la fenêtre et les bruits de la circulation réduite du week-end montèrent dans la pièce.

— Ça pourrait être un copieur, dit Belson. Le type qui veut éliminer sa femme et qui brouille les pistes en faisant comme si c'était Rose rouge, sauf qu'il n'y a pas de sperme.

— Ça a quand même tout l'air d'un meurtre de Rose rouge, estima Quirk, à ce détail près.

— Les journaux ont tout décrit, dit Belson.

— Faudrait quand même être un peu spécial, fis-je remarquer, pour assassiner sa femme, puis déposer des traces de sperme sur le tapis.

Belson haussa les épaules.

— Il était accablé de chagrin, dit Quirk, mais ça ne veut pas dire que ce n'est pas lui qui l'a tuée.

— On a le nom du conseiller matrimonial? demandai-je.

— Oui, c'est une femme du South End, répondit Belson. Rebecca Stimpson, diplômée de psychologie sociale.

— Je demanderai à Susan de l'appeler.

— Frank, dit Quirk, fais un examen des lieux du crime, tout; compare avec les autres meurtres.

Belson hocha la tête.

— Et il nous faudrait un rapport sur les informations diffusées par les médias. Vois ce qu'on peut savoir au juste de Rose rouge en lisant les journaux. Si ce coup-là ce n'est pas un copieur, c'est pour une autre fois.

Belson hocha la tête.

— Les journaux, la télé, la radio, tout.

— Ça va prendre un bout de temps, Lieutenant, s'inquiéta Belson.

— On n'a rien d'autre à faire, dit Quirk.

— D'autres gens se font tuer dans la ville, rappela Belson.

— Ils attendront leur tour, rétorqua Quirk. Je veux attraper ce putain de salaud.

Un avertisseur hurla au croisement, sous ma fenêtre.

— Spenser, dit Quirk, je veux que vous repreniez chaque affaire à zéro. Commencez avec le premier meurtre. Etudiez-le comme s'il était tout neuf.

Parlez à tous ceux qui sont concernés, lisez le dossier, les rapports de médecine légale, tout. Etudiez-le comme si personne ne l'avait jamais lu.

— Il nous faut une sorte de fil directeur, dis-je.

— Des femmes noires, de plus de quarante ans, habitant des quartiers mi-blancs, mi-noirs ou à la limite des quartiers noirs. Une prostituée, une serveuse de bar, une danseuse, une chanteuse, une enseignante, précisa Belson.

— Une progression dans l'échelle sociale ? fit Quirk.

— A condition que vous pensiez que le statut des chanteuses est supérieur à celui des danseuses, fis-je observer.

— Ou qu'il le pense, dit Quirk.

— Plus de quarante ans.

— Oui, dit Belson. Royette Chambers, la prostituée, avait quarante et un ans. Chantelle en avait quarante-six. Les trois autres étaient entre les deux.

— Pratiquement le même âge, dis-je.

— Pour la prostituée, commenta Quirk, quarante et un ans c'est déjà vieux.

— Alors, pourquoi ne tue-t-il que des femmes de plus de quarante ans ? demandai-je. Cinq fois de suite, ça ne peut pas être une coïncidence.

— La merrh, dit Quirk. En chénéral, nous regarhdons fers la merrh.

9

La routine, c'est la routine, une accumulation de détails superfétatoires donnant lieu à d'interminables vérifications. Je parlai aux parents des victimes, qui étaient tous amers, affligés, indignés. Qui avaient tous le sentiment que le racisme était cause de la mort de leur fille, sœur, mère ou épouse ; qui avaient tous déjà parlé à des policiers, qui étaient tous mécontents de parler à un autre Blanc qui faisait comme si cette affaire le préoccupait alors qu'il se souciait seulement de donner le change pour l'Establishment blanc dont le tueur était issu. Les parents d'un mort ne sont pas forcément plus malins que les autres.

Au bout de trois jours de ce genre de travail, je ne savais rigoureusement rien de plus que ce que les flics savaient déjà.

« Ma sœur était une chouette fille. Elle avait rien fait pour que quelqu'un la tue », disait l'un.

« Personne pouvait vouloir tuer ma sœur. C'était une chic femme. Elle avait un boulot régulier. Elle aidait la famille. Vous avez pas le droit de dire que c'est sa faute », disait un autre.

La prostituée n'avait pas de parents, ou du moins nous n'en trouvâmes pas. Je parlai à son maquereau. Il était plus grand que moi et avait dix kilos de moins. Les cheveux coupés ras et séparés au milieu du crâne par une raie large de deux bons centimètres, il portait un débardeur blanc, un pantalon de survêtement bordeaux et des Reeboks montants, noirs. Il y avait cinq ou six petits anneaux d'or dans le lobe et le long du bord externe de l'oreille gauche.

— Si j'attrape ce fumier, je te le casse en deux, me dit le maquereau.

— Il vous faudra prendre un numéro d'attente. Vous voyez qui ça pourrait être ?

— Un type blanc, un obsédé sexuel, répondit le maquereau en me dévisageant.

— C'est un peu ce que nous nous disions. Vous pensez à un type blanc, obsédé sexuel, en particulier ?

Le maquereau haussa les épaules.

— C'est presque tous des obsédés sexuels, mec. Ils passent par ici en cherchant des putains.

— Il y en a qui se sont plaintes d'avoir été ligotées ou des trucs comme ça ?

— Se plaindre, elles, mec ? Les putains se plaignent pas, elles se font foutre une torgnole si elles commencent à se plaindre. Elles font ce que veut le client et après elles me filent le fric.

— C'est la belle vie pour elles, hein ?

— Une pute est une pute, mec. Moi, j'y suis pour rien.

— Vous n'auriez pas entendu parler de types

sadiques, ou sadomaso, ou quelque chose comme ça ?

— Merde, mec, j'ai déjà dit tout ça. Bien sûr qu'y a des clients que tout le monde sait qu'ils ont des drôles d'idées. Comme des menottes ou des bâillons.

— Des cordes ?

— Des cordes, mec, des tubes internes, des bon Dieu de chaînes d'ancre. Des types qui aiment qu'on leur flanque une fessée. Des types qui aiment flanquer des fessées. Des types qui aiment les sous-vêtements en caoutchouc. Tout ce que tu peux imaginer, je connais des clients qui font ces cochonneries.

— Et vous en avez parlé aux flics ?

— Je leur ai donné tous les noms que je connais. J'aime pas que mes filles se fassent buter, tu sais. Je perds la face. Ça me coûte du pognon. Je veux qu'on l'attrape, ce salaud.

— Tout le monde veut qu'on attrape ce salaud.

— Ouais, sûr. Tout le monde se décarcasse pour attraper le type qu'a buté une putain noire.

— Et quatre autres.

— Moi, ce que j'aimerais, mec, c'est qu'il bute une nana blanche qui fait son marché à Wellesley Hills, dit le maquereau. Là, ils commenceraient à se remuer.

— Et ça, comment vous l'appelez ? demandai-je.

— Ça ? Que tu sois là à me parler ? Que tu me demandes si je connais des obsédés sexuels ? C'est pas se remuer, mec, c'est du vent, mec. Ça revient à dire : « Tu vois, mon gars, on est là en train de chercher celui qui tue les bamboulas. On se démène. » Et merde.

— Vous avez des idées sur ce qui devrait être fait ?

— Pas pour toi, mec. Un de ces jours, c'est nous qui allons attraper ce salaud et nous le tuerons, l'ordure.

— Nous ?

— C'est ça, mec, nous, putain de merde. Nous, les putains de gens de couleur — vu ? Voilà qui va vraiment se remuer.

— Je l'espère. (Je lui tendis ma carte.) Quand ça commencera, j'aimerais bien venir voir ça.

Il me regarda retourner à ma voiture et m'éloigner. Dans le rétroviseur, je le vis qui mettait ma carte dans sa poche.

10

La vieille maison spacieuse de Linnaean Street, qui abritait le domicile et le bureau de Susan, avait un toit en ardoise mansardé et un perron. Susan vivait au premier étage : son bureau et sa salle d'attente occupaient la moitié du rez-de-chaussée à gauche du vestibule central. Assis dans le salon, j'étais en train de boire une bouteille de Sam Adams, pendant qu'elle préparait le dîner.

En ce qui concernait Susan, préparer le dîner signifiait aller chercher d'excellents plats cuisinés chez Rudi's de Charles Square et les réchauffer conformément aux indications. Elle sirotait du Coca diététique en plaçant deux blancs de poulet et leur garniture de purée d'abricots aux pistaches dans une marmite rouge qu'elle mit au four.

Elle venait de rentrer de son Club de mise en forme où elle avait couru un quart d'heure sur le tapis roulant de jogging et elle portait encore son survêtement noir et un sweatshirt bleu pâle dont les manches avaient été coupées et l'encolure échancrée. Ses chaussures de course à pied étaient des Nike à bandes violettes.

— Aujourd'hui j'ai parlé à cette conseillère matrimoniale, dit Susan.

— Rebecca Stimpson, diplômée de psychologie sociale ?

— Oui. Elle a eu plusieurs entretiens avec les Washburn et c'était un peu idiot en raison du caractère confidentiel de ces entretiens, mais en langage clair, j'ai fini par conclure que Mme Stimpson, diplômée de psychologie sociale, n'avait pas l'impression que les époux Washburn étaient en passe de se réconcilier.

— A-t-elle émis une opinion sur le potentiel de violence de Ray ?

— Pas vraiment. Elle ne l'a pas écarté, mais, comme tu le sais, le comportement humain est pratiquement imprévisible. En outre, je dois avouer que Mme Stimpson ne m'a pas paru être un as de la thérapeutique.

— Elle a un diplôme de psychologie sociale.

— Oui et je crois à la valeur d'une formation très complète et très spécialisée. Mais ce ne sont pas ses diplômes universitaires qui sont en cause ; il y a des docteurs en psychologie et des psychiatres docteurs en médecine qui ne sont pas non plus des lumières sur le plan thérapeutique. C'est une question de tempérament et, disons, d'intelligence élémentaire. Mme Stimpson n'est pas très futée.

— Tu crois que son opinion sur Washburn est juste ?

Susan but quelques gorgées de Coca diététique, puis elle s'occupa de remuer une salade composée d'endives, de poivrons rouges et jaunes et de feuilles d'arugula.

— Il est difficile de croire qu'elle ait pu complètement se tromper. Elle les a vus ensemble une fois par semaine pendant plusieurs mois.

— Si elle ne s'est pas trompée, c'est que Ray raconte des histoires, lui dis-je.

— Pas forcément. Certains clients tiennent tellement à quelque chose qu'ils y croient en dépit de tout.

— Et s'ils sont obligés de voir la réalité ?

Susan secoua la tête et répondit :

— Le besoin est un puissant générateur.

— Donc, si la thérapeute a raison...

— Conseillère, pas thérapeute. Elle ne s'occupait pas de thérapie.

Je souris.

— Exact. Je voulais simplement m'assurer que tu écoutais. Donc, si la conseillère a raison, soit Raymond a une obsession, soit il ment. Ou alors, la thérapeute se trompe et c'est un autre meurtre de Rose rouge, ou bien les deux. Ou ni l'un ni l'autre et il se passe quelque chose dont nous n'avons aucune idée.

— Un travail passionnant, dit Susan.

— Pas tellement différent du tien.

Susan posa une baguette de pain frais sur la table, puis la salade servie sur des assiettes en verre.

— Nos professions sont à l'image de nos rapports personnels, dit-elle.

Je m'assis à table, à côté d'elle.

— Tu seras Simone de Beauvoir, lui dis-je, et moi

je serai Sartre, et nous envisagerons de définir la vie en la vivant.

Susan sourit et me tapota la main. Elle n'avait pas retiré le foulard roulé qu'elle utilisait pour tenir ses cheveux en arrière quand elle faisait de l'exercice. Sur la plupart des gens, je trouvais que ça faisait un peu tarte. Sur la tête de Susan, c'était parfait.

— Mange ta salade, bon Dieu, me dit-elle.

Quand nous eûmes fini de dîner, lavé la table et tout rangé, Susan s'installa à côté de moi sur le canapé pour lire l'*American Journal of Therapeutics* pendant que je regardais un match à la télévision par câbles. Les Braves contre les Reds.

Quand le match fut terminé, je m'aperçus que Susan s'était endormie, son magazine ouvert sur les genoux. Je la pris dans mes bras, la portai dans sa chambre et la posai sur le lit, ce qui la réveilla. Elle ouvrit ses grands yeux et les posa sur moi.

— Comment as-tu fait pour deviner que j'avais sommeil ? demanda-t-elle.

— Je suis un détective expérimenté, répondis-je.

Elle sourit et mima un baiser avec ses lèvres. Je me penchai sur elle, l'embrassai, lui souhaitai bonne nuit et quittai sa chambre pour rentrer chez moi. Au moment où je m'engageais dans l'escalier, j'entendis la porte d'entrée se refermer doucement. Je m'arrêtai pile et tendis l'oreille. La porte d'entrée aurait dû être fermée à clé. Je sentis une poussée d'adrénaline et je descendis les marches quatre à quatre. La porte d'entrée avait été forcée avec une pince monseigneur. Je l'ouvris et perçus un mouvement au-delà d'un des gros arbustes du jardinet de devant la maison de Susan. Je sautai par-dessus la balustrade du perron et atterris un mètre cinquante plus bas, près de l'arbuste. Quelque chose, sans doute un poing, me frappa le front. Ce n'était pas un coup terrible, mais il m'étourdit. Une silhouette jaillit de derrière l'arbuste et se précipita dans Linnaean Street, en direction de Massachusetts Avenue. Je me lançai à sa poursuite, un peu gêné par les lumières de mes trente-six chandelles. Je courais huit kilomètres par jour depuis vingt ans et j'avais bien l'intention de gagner cette course. Au bout de trois cents mètres, je n'avais pas réduit l'écart qui nous séparait. Au coin d'Aggassiz Street, l'homme sauta par-dessus une barrière qui lui arrivait à la taille, il traversa la pelouse et s'engagea dans Aggassiz. Je sautai la barrière à mon tour, mais je traînais la jambe gauche qui heurta la barrière et je m'étalai sur la pelouse. Quand je me remis à courir, il était arrivé en haut de la petite côte et tournait le coin de Lancaster. Quand j'arrivai à Lancaster, il avait disparu. Je courus jusqu'à Massachusetts Avenue mais je courus sans enthousiasme car je savais qu'il m'avait échappé ; il avait dû atteindre Porter Square qui, le soir, est très animé, et se perdre dans la foule. L'homme que j'avais aperçu portait des vêtements de couleur sombre et il m'avait paru être un peu plus petit que moi. Il était probablement blanc. Et il était manifestement plus fort que moi au saut en hauteur. Je retournai chez Susan en sentant la sueur ruisseler le long de ma colonne vertébrale. Mon cœur se remit à battre normalement. C'était sans doute mon revolver qui m'avait ralenti. Un Colt Python chargé doit facilement peser plus d'un kilo. Sans ça, je me serais envolé au-dessus de la barrière

La porte d'entrée de la maison de Susan était encore entrouverte. J'entrai et la refermai derrière moi. La maison était silencieuse. J'allumai la lumière. Sur la table du vestibule, il y avait une longue boîte blanche. Je l'ouvris. A l'intérieur, reposant sur du papier de soie vert, se trouvait une seule rose rouge à longue tige.

— Nom d'un chien, dis-je à voix haute dans le vestibule désert.

11

Le lendemain matin, quand Susan se réveilla, j'étais couché à côté d'elle et mon revolver, sorti de son étui, réposait sur la table de nuit. Elle roula vers moi et m'observa un moment en silence. Puis elle dit :

— Il me semblait bien t'avoir entendu pendant la nuit.

Son regard se porta sur le revolver.

— Comme je m'en allais, hier soir, j'ai failli attraper quelqu'un qui s'était introduit dans l'entrée et t'avait laissé une rose rouge. Je l'ai poursuivi mais il m'a échappé.

Il me parut inutile de lui expliquer pourquoi j'étais tombé les quatre fers en l'air quand j'avais voulu sauter la barrière. Nous étions couchés face à face et les grands yeux de Susan avaient encore un peu de mal à ne pas se refermer.

— Tu as un bleu sur le front, remarqua-t-elle.

— Il était caché derrière un arbuste et il m'a frappé.

— Tu serais capable de le reconnaître ?

— Non. Il faisait sombre, je ne l'ai vu que de dos et il s'éloignait à toute allure.

— Mais tu es sûr que c'est un homme.

— Oui. Presque sûr aussi qu'il est blanc et à peu près de ma taille. Carrure moyenne, plutôt mince.

Susan m'observa encore un moment sans bouger. Ses yeux étaient maintenant bien ouverts et leur pupille rétrécie pour accommoder la lumière du matin.

— Alors tu es revenu passer la nuit ici, dit-elle.

— Oui.

— Il y a différentes explications, fit Susan.

— C'est vrai. Ça pourrait être un de tes patients, pour une raison ou une autre.

— Ça pourrait être quelqu'un qui m'en veut, dit Susan.

— Ça pourrait être le Tueur à la rose rouge, ce qui pourrait être une variation sur le thème numéro un.

— Le Tueur à la rose rouge pourrait être un de mes patients ?

— Bien sûr. Il prétend être un flic et les flics sont en quelque sorte ta spécialité.

— A moins, dit Susan, que ce soit toi qui sois visé. Il sait que tu travailles sur l'affaire. Il doit donc savoir que nous formons un couple.

— Ça pourrait aussi être quelqu'un qui m'en veut.

— Ou bien un copieur agissant au hasard, dit Susan.

— Drôle de coïncidence, m'étonnai-je. Tomber sur toi au hasard, dans une affaire sur laquelle je travaille.

Susan hocha la tête. Son regard se porta sur le réveil derrière moi.

— Oh, mon Dieu, dit-elle. Mon premier patient arrive dans une heure et demie.

— Tu trouves que c'est trop tôt ? demandai-je.

Elle avait sauté du lit et se dirigeait vers la salle de bains.

— Beaucoup trop, répondit-elle.

Elle entra dans la salle de bains et referma la porte. J'entendis couler la douche. Je me levai, enfilai mon pantalon, bouclai ma ceinture, rangeai mon revolver dans son étui et me rendis dans la cuisine. Après m'être lavé la figure, les mains et le torse dans l'évier, je fis bouillir de l'eau pour le café.

J'en étais à ma deuxième tasse quand Susan apparut dans la cuisine. Elle était un peu maquillée et avait des rouleaux sur la tête. Elle versa de l'eau bouillante sur le sachet de tisane qu'elle avait mis dans une tasse et laissa infuser une minute en le regardant d'un air impatient. Je lui dis :

— Je sais qu'il est pratiquement impossible de te parler pendant que tu fais tes ablutions matinales, mais il nous faut penser à ta sécurité.

Susan arracha prématurément le sachet à la tasse en disant :

— Je ne peux pas y penser maintenant. Je suis dans ma phase cinéma en accéléré, et tu sais ce que ça signifie.

— Oui, je sais.

Elle prit sa tasse de tisane et retourna dans la salle de bains. Assis au comptoir en pavés de verre de sa cuisine, je passai deux coups de téléphone. L'un à

Henry Cimoli à qui je laissai un message pour Hawk, l'autre à Martin Quirk à qui je dis :

— Quelqu'un s'est introduit de force dans l'entrée de la maison de Susan et a laissé une rose rouge dans une boîte, avec du papier de soie. Je l'ai poursuivi mais je n'ai pas pu l'attraper. Je ne l'ai pas bien vu.

— Vous avez la boîte ?

— Oui, et la rose et le papier. Je parie qu'on n'y trouvera aucune empreinte.

— Vous avez sûrement raison, dit Quirk, mais nous essaierons quand même. Vous pouvez l'apportez ?

— Non, répondis-je. Je ne veux pas la laisser seule.

— Ce n'est peut-être qu'un des cinglés qu'elle soigne, dit Quirk.

— Je ne veux quand même pas la laisser seule.

— Ouais. D'accord. Je vais envoyer quelqu'un. Si c'est un de ses cinglés, il y aura peut-être des empreintes.

Je raccrochai et sirotai ma deuxième tasse. Il y a beaucoup moins de caféine dans le café soluble que dans le café moulu ; dans deux tasses de café soluble il n'y en avait pratiquement pas. Je remis de l'eau à bouillir pour la troisième tasse.

Le téléphone de Susan sonna. Ce n'était pas le même numéro que pour le bureau. Je décrochai et dis :

— Allô ?

— Susan ? fit la voix de Hawk.

— Les minorités devraient faire taire leurs petits malins.

— C'est vrai, dit Hawk. Quel est le problème ?

Je lui parlai de l'intrus à la rose.

— Et il t'a filé un gnon et tu l'as poursuivi et il s'est échappé ? C'était un Noir ?

— Je ne crois pas.

— Tu as laissé un Blanc te filer entre les pattes ?

— Qu'est-ce que tu crois, répondis-je. Moi aussi, je suis blanc.

— Ouais, quelques fois t'es si *soûl* que j'oublie. Je vais venir, au cas où il faudrait de nouveau le poursuivre.

A huit heures moins deux, Susan apparut, portant une veste en tweed poivre-et-sel sur un pull noir à col roulé, une jupe noire évasée et des chaussures noires à petits talons.

— Tu es plus belle qu'un chien de chasse en arrêt, lui dis-je.

— Et presque aussi maligne, s'éloigna Susan. Je sais qu'il faut que nous parlions plus longuement, mais pour l'instant, je ne peux vraiment pas. Je sais que tu ne peux pas me laisser sans protection, mais je ne veux pas que vous soyez, Hawk ou toi, installés dans ma salle d'attente quand les patients arriveront.

— Je vais m'occuper de la réparation de ta porte d'entrée et il y aura toujours un de nous deux par là, mais nous ne te gênerons pas et nous ne ferons pas peur à tes malades.

— D'accord, dit-elle.

Elle m'embrassa. Je lui tapotai les fesses et elle s'en alla, descendit l'escalier pour gagner son bureau au moment ou son premier malade arrivait. Du haut de l'escalier, je l'entendis dire « Venez. »

12

Un menuisier du nom de Shutt vint remplacer la porte forcée de Susan. Je donnai à Susan mon .32 Smith et Wesson pour qu'elle le mette dans le tiroir de son bureau et Hawk et moi, chacun à notre tour, nous nous postâmes en haut de son escalier pendant qu'elle recevait ses clients. Il y a peu de choses aussi ennuyeuses que de traîner sans se montrer en haut d'une cage d'escalier.

Ce soir-là, quand elle eut terminé, j'emmenai Susan au commissariat central de Cambridge pour lui faire remettre un permis de port d'arme. Le gars qui s'occupait des permis était bâti comme un ours ; il avait rempilé au Viêt-nam et exerçait, à ses moments perdus, le métier d'armurier.

— Elle sait tirer ? demanda-t-il.

— C'est moi qui lui ai appris.

— C'est bien ce que je craignais, dit le flic qui s'appelait Steve Costa. Allons au stand de tir, madame. Je vous ferai tirer quelques cartouches pour voir si vous êtes assez adroite pour avoir droit au permis.

— Et si je ne tire pas assez bien ? demanda Susan.

Costa sourit :

— Ça ira, vous en faites pas.

Nous montâmes au premier et parcourûmes un couloir au carrelage jaune, fatigué. Costa se servit d'une clé pour ouvrir une porte et nous entrâmes dans le stand de tir.

— Ravissant, dit Susan.

— Ouais, ils claquent pas beaucoup de fric pour arranger le tir, reconnut Costa.

La pièce semblait avoir été aménagée, après coup, dans un réduit tout en longueur, inutilisé et autrement inutilisable, sous une cage d'escalier. Il y avait une petite table sur laquelle une boîte à café emplie de munitions s'était renversée, répandant sur le sol presque toutes les cartouches. Costa alla au bout du passage étroit et installa une cible sur le câble avec une pince à linge. Il plaça la cible à environ quatre mètres cinquante et revint à la table de tir.

— Comme vous voyez, madame, la cible est constituée par la silhouette d'un homme, entourée de cercles centripètes ; le cercle le plus petit, autour de la région du cœur de l'homme, vaut dix points. Celui d'après en vaut neuf et ainsi de suite jusqu'au dernier cercle en dehors duquel on ne marque rien.

— Je vous en prie, appelez-moi Susan.

— D'accord, Susan. Pour avoir droit au permis de port d'arme à feu, il faut faire soixante-dix points en tirant un maximum de trente coups.

— Parfait, dit Susan.

— Vous voulez tirer un peu pour vous entraîner, Susan ?

— Non, merci.

Je pris le .32 et le posai, pointé vers la cible, sur la table à côté de Susan. Nous coiffâmes les casques anti-bruit. Costa dit à Susan :

— Comme Spenser et moi on est de vieux copains, je vais vous donner quelques points d'avance.

Il sortit son propre revolver, un .38 nickelé à la crosse gainée de caoutchouc noir, le tint à deux mains, s'accroupit un peu et tira six coups dans le cercle dix. Susan et lui allèrent regarder la cible.

— Mais on dirait bien qu'il ne me reste déjà plus que dix points à marquer pour avoir droit à mon permis, dit Susan avec un sourire aussi étonné qu'innocent.

Costa rechargea son revolver.

— Tenez, dit-il, servez-vous de celui-là. Il tire dans le mille.

Il tirerait aussi des balles de même calibre que les trous déjà faits dans la cible. Susan pigea tout de suite.

— D'accord, dit-elle.

Elle prit le revolver, le tint soigneusement à deux mains, en se plaçant comme je lui avais appris à le faire, l'arma avec le pouce de la main droite, visa attentivement et tira six coups en mettant les six balles dans le cercle 7. Elle reposa l'arme sur la table de tir et attendit pendant que Costa allait chercher la cible.

— Tu as oublié de hurler : « Bouge plus, salaud ou je tire », lui fis-je remarquer.

— Je n'aurais pas pu dire autre chose comme « Ne vous en faites pas, je suis médecin », par exemple ?

Je secouai la tête d'un air écœuré et demandai :

— Tu regardes jamais la télévision ?

Costa revint avec la cible en disant :

— Tir parfait, Susan. Pas de problème, vous avez droit au permis. Vous voulez tirer encore un peu, histoire de vous faire à votre arme ?

— Non, merci, répondit Susan.

Costa se tourna vers moi :

— Six balles chacun ? Pour une caisse de bière ?

— Chargement automatique, répondis-je. Dix secondes pour tirer les six coups.

— Très bien, dit Costa.

Il prit son revolver, le rechargea et fit feu six fois en huit secondes dans la nouvelle cible. Il jeta les douilles, rechargea et remit l'arme dans l'étui, sur sa hanche, avant d'aller chercher sa cible et d'en installer une autre. Je pris ma place, sortis le Python et quand Costa dit : « Feu ! », je tirai six coups en sept secondes.

Nous avions tous deux placé nos balles dans la zone vitale mais Costa avait fait mouche quatre fois et moi deux.

— Budweiser, dit Costa.

— Budweiser, comme tout le monde ?

— C'est ça, acquiesça-t-il. Comme tout le monde, je roule en Chevrolet.

— Le chouchou de l'Amérique, lui dis-je. Je passerai vous porter ça demain.

Juste avant que nous repartions, Costa dit à Susan :

— Vous avez bien tiré. On va accélérer la délivrance de ce permis. Vous devriez l'avoir quand la bière sera là.

Comme nous retournions à la voiture, Susan me dit :

— Je croyais que tu étais un bon tireur.

— Je suis un bon tireur, répondis-je, mais Costa s'entraîne tous les jours à tirer.

Susan hocha la tête.

— J'aurais pu réussir sans son aide, mais je n'ai pas voulu annuler sa gentille attention.

— Tu as pigé, comme d'habitude, lui dis-je.

— Allons prendre un café et un gâteau au fromage et voir ce que nous pensons de l'affaire Rose rouge.

Nous nous rendîmes à Chelsea, entrâmes au Washington Deli et nous assîmes à une table en Formica. Je pris du gâteau au fromage aux cerises et me laissai aller à commander une tasse de vrai café. Susan se contenta d'un décaféiné et d'un gâteau au fromage nature. Je pris une bouchée du mien, l'avalai et la fis descendre avec une petite gorgée de café noir.

— Ah, Nature ! m'écriai-je.

— Ça ne s'appliquerait pas plutôt à une miche de pain et un pichet de vin ?

— Et toi, ma douce, ne t'oublie pas.

Avec sa fourchette, elle découpa une infime parcelle de gâteau au fromage et la mangea.

— En principe, le Tueur à la rose rouge ne devrait pas avoir recours à la psychothérapie, dit-elle. Les meurtres devraient lui procurer le soulagement dont il a besoin.

— Je sais ; tu me l'as déjà dit. Mais ça, c'était avant que quelqu'un se donne beaucoup de mal pour déposer une rose rouge dans le vestibule de ta maison.

— Cela ne veut pas dire que le tueur est un de mes malades, objecta Susan.

— Ça veut dire quelque chose. Et ça veut dire quelque chose d'inquiétant.

— Oui, dit Susan. Là, je suis d'accord.

— Le gars qui a laissé la rose est ou n'est pas un de tes patients. Supposons qu'il l'est. Supposer qu'il ne l'est pas entraînerait des hypothèses plus tirées par les cheveux que supposer qu'il l'est.

— C'est une idée qui ne me plaît pas, dit Susan.

— N'empêche.

Elle sourit :

— Evidemment. Nous sommes tous les deux bien placés pour savoir qu'il ne sert à rien de croire à ce qu'on veut croire. (Elle reprit une petite parcelle de gâteau et une gorgée de café.) C'est un travail où l'on peut avoir affaire à des personnes atypiques. Certaines d'entre elles sont effrayantes. Si l'on veut faire son travail, il faut mettre la peur de côté.

— Je sais, lui dis-je.

— Oui. (Elle sourit et posa sa main sur la mienne.) Tu dois certainement le savoir.

J'avais terminé le gâteau au fromage et les cerises n'étaient plus qu'un souvenir dans ma bouche. Je terminai mon café.

— Le lien de confiance entre le thérapeute et le patient constitue le fondement de la thérapie. Je ne peux conspirer, même avec toi, pour identifier ou traquer n'importe lequel de mes patients.

— Si c'est Rose rouge, lui dis-je, tu n'es pas seule à être en danger.

— Je ne suis pas sûre d'être en danger, dit Susan. Il n'est guère probable qu'il transfère soudain son besoin sur une psychothérapeute blanche.

— Ce ne serait pas forcément soudain. Sa manifestation semblerait soudaine, mais le transfert a pu se produire graduellement depuis un an, pendant sa thérapie.

Susan haussa les épaules. Je poursuivis :

— Tu m'as expliqué que les gens tels que Rose rouge fonctionnent avec une symbolique qui leur est personnelle. Il se pourrait que tu correspondes à quelque chose dans son système symbolique, tout comme dans le cas des femmes noires.

— C'est possible, dit Susan, mais il est quand même improbable que l'auteur de meurtres en série fasse une psychothérapie. Les gens ont recours à la thérapie quand la pression de leurs besoins conflictuels devient intolérable.

— La psychothérapie fait peut-être partie du besoin. Il a peut-être besoin d'avoir l'occasion d'en parler.

— Mais il ne l'a pas fait. Aucun de mes patients ne m'a parlé de meurtres en série.

— Il en parle peut-être encore de façon si symbolique que tu ne t'en rends pas compte. Est-ce qu'un patient peut te duper ?

— Certainement, répondit Susan. Mais ce n'est certainement pas dans son intérêt de le faire.

— Il a manifestement le besoin de se faire prendre, dis-je. La lettre à Quirk, la cassette qu'il m'a envoyée.

— Le message qu'il t'a envoyé n'est pas forcément comme celui qu'il a envoyé à Quirk.

— Peut-être pas. Raison de plus pour qu'il ait un rapport avec toi. La jalousie ou quelque chose comme ça.

Susan eut un hochement de tête assez peu expressif.

— Jack, dis-je au gars derrière le comptoir, il me faut un autre café.

— C'est Ted qui fait les cafés. Moi, je m'occupe des jus de légumes.

Ted servit un café, sortit de derrière le comptoir et le posa devant moi.

— Vous n'avez pas l'intention de dormir cette nuit ? fit-il.

— Au diable les précautions, répondis-je.

J'ajoutai au café de la crème et du sucre. Histoire de diluer la caféine. Ted retourna derrière le comptoir.

— Et puis, dis-je à Susan, la rose rouge dans ta maison. Elle a failli le faire prendre.

— Si c'était lui, dit Susan.

— S'il vient te consulter, ça fait peut-être partie de son désir de se faire prendre.

— Ou remarquer, fit Susan.

— Si jamais il sent qu'il est sur le point de se faire prendre, il est possible qu'il veuille te tuer pour essayer de l'éviter.

Susan regardait les tableaux accrochés aux murs.

— C'est le seul bistrot-traiteur que je connaisse où il y a des toiles sur les murs.

Je me tus.

— C'est possible, dit Susan. (Elle me regardait maintenant droit dans les yeux et je sentais la puissance de sa volonté.) Mais je ne peux pas agir en fonction de cette possibilité. Il me faut beaucoup plus que ça.

Je lui rendis son regard sans faire de commentaire. Mon menton reposait sur le haut de mes mains jointes. Sigmund Spenser.

— Je vais garder le revolver dans le tiroir de mon bureau, dit Susan, et en me couchant, je le mettrai sur ma table de nuit. (Elle crispa un peu les lèvres, puis les détendit.) Et je m'en servirai si j'y suis obligée.

— Parfait, lui dis-je. Je sais que tu le feras. Moi, je vais essayer de découvrir lequel de tes patients est Rose rouge et je ne te dirai pas comment je vais m'y prendre car je sais ce qui peut compromettre ton travail.

Le rire de Susan ne fut pas très joyeux.

— Il est difficile de dire si, dans cette occasion, nous sommes alliés ou adversaires.

— Nous sommes alliés en toute occasion, mon chou. Seulement, nous ne nous y prenons pas comme les autres.

— Sans doute, dit Susan qui prit sa tasse de café froid et le but comme s'il était chaud.

13

J'étais dans la cuisine de Susan, en train de ranger les affaires du petit déjeuner, quand le téléphone sonna. C'était Quirk.

— Washburn a tout avoué, dit-il.

— Rien d'étonnant.

— Il a avoué qu'il était le Tueur à la rose rouge.

Je restai silencieux.

— Ouais, dit Quirk, moi aussi.

— C'est des conneries.

— Je crois qu'il a tué sa femme, dit Quirk. Le reste, je ne le crois pas.

— Et en haut lieu, qu'est-ce qu'on en pense ? demandai-je.

— En haut lieu, ils sont si contents d'avoir arrêté quelqu'un qu'ils voudraient bien croire à la culpabilité de Daisy Duck s'ils avaient des aveux écrits.

— Et le type qui a laissé une rose rouge pour Susan ? demandai-je.

— Il ne les intéresse pas, ils ne veulent pas en entendre parler. Vous restez là-bas pour monter la garde ?

— Oui, pour le moment. Hawk doit venir vers dix heures.

— Quand il sera là, venez à mon bureau, dit Quirk.

Je mis les assiettes dans le lave-vaisselle, passai un coup d'éponge sur le comptoir et m'assis pour lire le *Globe.* Ils n'avaient pas encore la nouvelle mais ne tarderaient pas à l'avoir. La télé serait sans doute la première, mais tout le monde serait bientôt au courant et ça ferait une nouvelle attraction pour le cirque.

Hawk se pointa tranquillement à 9 h 59. Il était toujours ponctuel. D'ailleurs il faisait toujours ce qu'il avait dit qu'il ferait. Il portait un sac de gym.

— Le gars a fait des aveux aux flics.

Hawk posa le sac de gym sur le comptoir de la cuisine.

— Quirk est satisfait ?

— Non.

— Tu lui as parlé du type qui t'a échappé, l'autre soir ?

— Ouais.

— Que compte faire Susan ?

— Elle a un .32 dans le tiroir de son bureau et toi ou moi assis en haut, prêts à intervenir.

— Des noms ?

— Aucun.

Hawk hocha la tête. Il ouvrit son sac de gym et en sortit des cassettes, *Common Ground* en livre de poche et un exemplaire du magazine *Ring.* Il posa les cassettes en pile bien rangée à côté de la chaîne hi-fi de Susan et *Common Ground* sur la table basse devant le canapé, sortit le revolver de l'étui qu'il portait sous l'épaule, le plaça à côté de *Common Ground,* puis s'installa avec son magazine sur le canapé.

— Tu vas voir Quirk ? me demanda-t-il.

— Ouais. Tu connais la maison ?

— Ouais, ouais.

C'était une de ces journées trompeuses d'avril, où l'on se croirait au printemps si le vent n'était pas là pour vous rappeler que l'hiver n'a pas encore capitulé. Je me garai dans Berkeley Street sous une pancarte qui disait EMPLACEMENT RÉSERVÉ AUX VÉHICULES DE LA POLICE, puis je montai au bureau de Quirk. Belson était là.

— Washburn a presque tout fait correctement, dit Quirk quand je fus assis. La corde n'est pas tout à fait la même. Jusqu'ici, c'était toujours du coton. Cette fois, c'est ce truc en plastique dont il faut faire fondre les bouts quand on le coupe. Mais le ruban adhésif est le même et la façon dont elle est ligotée est la même. Le revolver était placé de la même façon. Mais il n'y a pas de sperme.

— Le même revolver ?

— Non. Le même calibre mais pas le même revolver.

— Tout était dans les journaux, dit Belson. J'ai vérifié ; tout : le ruban adhésif, l'emplacement de la corde, le calibre de l'arme, là où il l'avait placée, tout. N'importe qui pouvait le savoir.

— C'est vous qui avez mené l'interrogatoire ? demandai-je à Quirk.

— Moi, Frank et vingt autres. Il est difficile de mener un bon interrogatoire dans une affaire comme celle-ci.

— Ouais, tous vos supérieurs hiérarchiques veulent s'en occuper et même parfois prétendre qu'ils ont fait toute la lumière.

— On se serait cru à une vente de charité, bon Dieu, dit Belson. Tout le monde était là, un type du bureau du maire, le préfet.

— Ils lui ont dit ce qu'il fallait dire.

— Bien sûr, m'assura Belson.

Il retira son cigare de sa bouche, le regarda un moment puis le lança violemment dans la corbeille à papiers.

— Mais que font-ils de la corde et du revolver qui ne sont pas les mêmes, de l'absence de sperme ? demandai-je.

Quirk sourit.

— Selon le type de la mairie, c'est justement la preuve que c'est lui. Si c'était un copieur, il faudrait que tout soit exactement pareil. S'il n'a pas pu éjaculer, c'est parce que c'était sa femme.

— Le revolver aussi ?

— D'après lui, le coupable a dû s'en débarrasser pour se protéger et il s'en est procuré un autre, répondit Quirk.

— On ne peut pourtant pas être idiot et travailler dans le bureau du maire. Et Washburn ? demandai-je.

— Il était gérant d'une boîte à hamburgers de Huntington Avenue. Aucun rapport avec les flics, pas de demande de permis pour une arme autre que celle du crime. Casier judiciaire vierge à l'exception d'une arrestation pour conduite en état d'ivresse.

— Qu'a-t-il fait de l'autre revolver ?

— Il a fait un tour en bateau, sur le Jazz Boat, et l'a jeté dans l'eau au milieu du port.

— Il vous connaît ?

Quirk secoua la tête en disant :

— Non. Il prétend avoir cherché mon adresse après avoir lu mon nom dans le journal, mais il l'a oubliée.

— Pourquoi a-t-il prétendu être un flic ?

— Pour brouiller les pistes, répondit Belson.

Il y eut un moment de silence dans la pièce. Un long rectangle de soleil s'étendait sur le bureau presque vide de Quirk. Sur le plateau, il y avait trois photographies : la femme de Quirk, ses trois enfants et son chien. Il y avait une pendulette qui vous permettait de savoir l'heure qu'il était dans le monde entier. Pourquoi Quirk voulait-il savoir ça ? Renversé contre le dossier de son fauteuil pivotant, Quirk se mordillait la lèvre inférieure.

— Susan n'affirme pas catégoriquement que son gars ne peut pas être Rose rouge, n'est-ce pas ? fit Belson.

— Les psys n'affirment rien catégoriquement, lui dis-je.

— Elle pense qu'il reviendra ?

— Les psys ne savent pas ce que les gens vont faire. Ils savent seulement pourquoi les gens l'ont fait.

— Comme les flics, dit Quirk.

— Sauf qu'en général ils ne savent pas pourquoi les gens l'ont fait.

— C'est vrai. (Quirk prit sur son bureau la photo de son chien et la rapprocha d'un centimètre de la photo de ses enfants. Le rhomboïde qui s'étalait sur le plateau de son bureau s'était légèrement déplacé dans ma direction.) Il faut que nous sachions qui est le gars qui a laissé la rose pour Susan.

— Oui, absolument, acquiesçai-je.

— Washburn était en train de chanter sa deuxième aria pour les huiles quand ce type a déposé la rose, dit Belson.

— Alors, si Washburn est Rose rouge, qui diable est ce type ? s'interrogea Quirk.

— Et si Washburn n'est pas Rose rouge, dit Belson.

— Oui, fis-je.

Nous restâmes tous les trois silencieux, le regard perdu dans le vide.

— Ce n'est pas Washburn, dit Quirk.

Je regardai Belson.

— Washburn a tué sa femme, affirma-t-il, pas les autres.

— Peut-être, dis-je.

— Probablement, confirma Quirk.

— C'est pas Washburn, dit Belson.

— Hawk est avec Susan ? demanda Quirk.

— Ouais.

— Tant mieux.

14

Dès le lendemain matin, Washburn était célèbre. Son nom était sur les lèvres de Jane Pauley et son visage sur la première page de tous les journaux. Sur CNN, le maire félicitait le préfet de police et le préfet de police félicitait chaleureusement l'ensemble des policiers qui avaient travaillé sans relâche. Au sixième paragraphe de l'article à la Une du *Globe,* on faisait allusion au lieutenant Martin Quirk, de la Criminelle, qui avait émis quelques réserves. Au paragraphe dix, on prétendait ne pas avoir pu joindre le détective privé de Boston, qui avait travaillé sur l'affaire avec la police, pour lui demander ce qu'il en pensait.

— On peut me joindre, dis-je.

Assise de l'autre côté du comptoir, Susan grignotait du pain complet grillé.

— Moi, je le peux, en tout cas, dit-elle.

— Le journal raconte qu'on voulait me demander mon avis mais qu'on n'a pas pu me joindre.

— Ils ont dû appeler ton bureau pendant que tu n'y étais pas, dit-elle.

— Salauds de menteurs.
— On est plutôt grognon, ce matin.
— Ils croient tous avoir résolu le mystère, lui dis-je.
Elle grignota encore un peu de pain grillé. Je bus mon café. Susan avait des rouleaux sur la tête et pas de maquillage sur la figure. Elle portait un pyjama en soie, orné de dentelle, et l'avait froissé en dormant. Je la dévisageai.
— Qu'est-ce qu'il y a ? me demanda-t-elle quand elle s'en rendit compte.
— Je me demandais simplement pourquoi tu es encore si belle. Ça ne doit pas être le maquillage et les vêtements. Ce doit être toi.
Elle sourit.
— Si tôt le matin et tu t'es déjà mis à boire ?
— Tu me montes à la tête, lui dis-je, comme une gorgée de bourgogne pétillant.
— Je ne le ferai qu'après le travail, dit-elle.
Je mordis dans mon petit pain. Susan consulta sa montre. Elle était toujours un peu en retard. Apparemment, elle avait le temps de finir son pain grillé.
— Des indices, du côté de tes patients ?
— Non.
— Si tu savais qui a laissé la rose et si tu étais à peu près sûre qu'il s'agit de Rose rouge, est-ce que tu m'en ferais part ?
— Rose rouge a tout avoué, dit-elle.
— N'élude pas ma question.
Elle hocha la tête et mordit le coin de son pain grillé en forme de triangle.
— C'est probable, dit-elle. Mais il faudrait que je sois sûre et ce serait... (Elle secoua la tête et ne

termina pas la phrase. Elle s'y prit autrement :) J'ai commencé tard à faire ce travail. Et c'est ce travail et ma capacité à le faire qui me rendent possible. Ils nous rendent possibles parce que je suis plus que la prunelle de tes yeux, même si je suis ravie d'être cela aussi. Ma valeur ne dépend pas de toi.

— C'est vrai, lui dis-je.

Il y avait, sur le comptoir, un bol de prunes de Santa Rosa. J'en pris une et la frottai contre la jambe de mon pantalon.

— Et ça, j'y tiens expressément.

Je mordis dans la prune.

— Que mon autonomie soit violée par l'affaire de Rose rouge est presque intolérable, dit-elle. Que toi ou Hawk soyez là à me veiller... (Son visage se crispa quand elle dit :) me remplit d'amertume.

— Tout cela n'est pas de ta faute, lui dis-je.

— Ni de la tienne. Mais il faut que tu comprennes que c'est comme si tu pénétrais dans quelque chose qui n'appartient qu'à moi. C'est comme si je t'abandonnais une partie de moi-même, quand tu m'interroges à propos de mes patients.

— Je ne veux pas qu'il te tue, lui dis-je.

— Je sais. Je ne le veux pas non plus. Et j'ai moins peur quand tu es là, ou Hawk. Mais tu dois comprendre que le fait que je puisse avoir peur à moins que vous ne soyez là, pendant que j'exerce ma profession, est pour moi une situation extrêmement pénible.

— Je sais.

— Je sais que tu sais, dit Susan. (Elle sourit de son large sourire étincelant, celui qui vous donne le sentiment que toutes les lumières du monde convergent sur vous.) C'est mon quart d'heure de jérémiades.

— Ni Quirk ni Belson ne croient aux aveux de Washburn, lui dis-je.

— Ces aveux déchargent la police, fit remarquer Susan. Apparemment, Washburn n'est pas un flic.

— Ouais et puis ça leur fournit un meurtrier noir, ce qui fait taire ceux qui criaient au meurtre raciste et le grand public qui réclamait une arrestation. Il y a beaucoup de raisons qui incitent à le croire.

— Sauf ?

— Sauf que ce n'est pas le même revolver, ce n'est pas la même corde, il n'y a pas de sperme et c'est un Noir, alors comment se fait-il qu'il soit toujours allé chercher ses victimes là où un Blanc serait allé les chercher et comment se fait-il qu'il ait mis si longtemps à en venir à sa propre femme ?

— Je pourrais avancer des théories en ce qui concerne sa femme, dit Susan.

— Bien sûr, lui dis-je, mais il n'en reste pas moins qu'il y a plein de choses qui clochent et que deux inspecteurs de la Criminelle, pleins d'expérience, ne croient pas à ces aveux.

— Le fait est qu'un homme comme Washburn pourrait très bien tuer sa femme et être à tel point terrassé par la culpabilité qu'il ferait une chose comme ça, dit Susan.

— Qu'il avouerait avoir commis toute une série de meurtres ?

— Plus que ça. Il pourrait imiter le meurtrier en commettant le crime, devenir lui, pour ainsi dire. Ce serait une façon de dramatiser l'horreur du crime qu'il a l'intention de commettre et, peut-être, de l'en éloigner suffisamment pour qu'il puisse l'accomplir.

— Son chagrin et tout ça seraient donc authentiques ?

— Absolument. Ce qu'il a fait est plus horrible que ne peuvent l'imaginer ceux qui l'interrogent. Bien sûr qu'il est terrassé. Et son châtiment doit être à l'échelle de cette horreur. Il faut qu'il soit non seulement un assassin mais aussi une sorte de monstre, un tueur en série.

— Tu ne crois donc pas, toi non plus, à ces aveux, lui dis-je.

— Ce n'est pas que j'y crois ou que je n'y crois pas. Je pourrais te fabriquer un scénario allant dans le sens de la vérité de ses aveux. J'essaie simplement de te montrer les possibilités dans un domaine qui m'est familier. Si tu finis par décider qu'il est innocent ou coupable, je te croirai. Je sais ce que je sais et je sais ce que tu sais. Là, tu en sais plus que moi.

Je terminai ma prune, me levai, passai de l'autre côté du comptoir et embrassai Susan sur la bouche.

— Merci, lui dis-je.

— De rien. (Elle consulta sa montre.) Oh, la vache, je n'ai plus que vingt minutes avant mon premier rendez-vous.

— Ne me piétine pas, dis-je en m'écartant pour la laisser passer.

15

Quirk me téléphona pendant que Susan fonçait d'une pièce à l'autre dans son appartement.

— Hawk doit venir ? demanda-t-il.

— Oui, à dix heures.

— Restez avec lui. Je passerai avec Belson.

— Très bien.

Au moment où je raccrochai, Susan s'arrêta un instant devant moi, déposa un baiser sur mes lèvres et partit comme une flèche en direction de la porte d'entrée. On aurait dit un lever de soleil précipité. Je lui criai :

— Bib, bip.

— Je t'appellerai tout à l'heure, dit-elle avant de disparaître.

Hawk arriva à dix heures, Quirk et Belson juste après lui.

Hawk leur demanda :

— C'est une coïncidence ou vous êtes après moi ?

Quirk secoua la tête, referma la porte derrière lui et dit :

— Nous avons besoin d'aide.

— Ben, vous avez fini par vous en rendre compte, fit Hawk avec un grand sourire.

Belson farfouilla partout dans la cuisine, jusqu'à ce qu'il ait trouvé une soucoupe qui pouvait servir de cendrier. Quirk entra derrière lui dans la cuisine et secoua soigneusement son imperméable trempé sur le sol en carrelage. Puis il le suspendit au portemanteau qui se trouvait près de la porte de derrière. Belson revint dans le salon avec son cendrier.

— Frank, lui dit Quirk en indiquant l'imper.

— Ouais, répondit Belson qui retourna dans la cuisine accrocher son manteau de pluie à côté de celui de Quirk.

Hawk plaça sa veste en cuir sur le dossier d'une chaise de cuisine. Sans la veste, nous vîmes briller la crosse en ivoire du revolver qu'il portait sous le bras. Il avait un supplément de cartouches dans la pochette à l'arrière de sa ceinture.

Le regard de Belson fit le tour de la pièce avec son fouillis étudié d'objets d'art, de dentelle, de soie, de cristal et de velours. Un énorme éventail rouge s'étalait sur un mur.

— Ça, c'est vous, me dit Belson.

— Ouais, répondis-je. J'ai l'intention d'acheter un revolver à impression cachemire.

— Nous sommes en vacances, Belson et moi, dit Quirk.

La pluie froide du printemps frappait durement et régulièrement les fenêtres donnant sur la rue.

— Un vrai temps de vacances, fis-je observer.

— Le préfet a insisté, dit Quirk.

— J'ai remarqué dans le journal que vous aviez émis des réserves, lui rappelai-je.

— Ouais, et j'ai remis ça, hier soir, dans l'émission de Jimmy Winston.

— On appelle ça mobiliser l'opinion publique, intervint Hawk.

— Quelque chose comme ça, dit Quirk. Toujours est-il que ce matin, j'ai appris que j'étais en vacances, pour une durée illimitée. Belson a décidé d'en prendre aussi. Un geste de solidarité, sans doute.

— Vous savez bien, patron, que j'ai travaillé dur, dit Belson.

Quirk hocha la tête.

— Alors ils vont tout imputer à Washburn, lui dis-je.

— Ouais.

— Ce qui signifie qu'ils pensent que son histoire tiendra le coup, dit Hawk.

— Il n'en démord pas, dit Quirk. En tout cas, il s'y tient. Même si, pour nous, ça ne tient pas debout.

— Il a sans doute besoin d'y croire.

Je leur fis part de l'hypothèse de Susan.

— C'est la seule façon dont il peut penser à ce qu'il a fait, dit Hawk. Il continuera sans doute de s'y tenir.

Belson regarda Hawk et secoua la tête.

— Quelles que soient ses raisons, dit Quirk, je pense aussi qu'il ne reviendra pas sur ses aveux.

— Alors, dis-je, si Rose rouge est malin, il s'abstiendra de tuer des gens pendant un moment et il s'en tirera sans jamais avoir été inquiété.

Quirk hocha la tête.

— S'il en est capable, fit remarquer Hawk.

— Oui, dit Quirk, et c'est un flic ; pour autant que

je sache, il travaille peut-être dans mon service et il me parle tous les jours.

— Et s'il n'en est pas capable, dis-je, il tuera d'autres femmes.

Pendant un moment, tout le monde se tut. Belson fit tomber la cendre accumulée de son cigare dans la soucoupe dont le rouge vif était assorti au rouge vif de l'éventail sur le mur, qui était en harmonie avec une des couleurs du tapis d'Orient dont le motif rappelait la forme du miroir de l'entrée, qui reproduisait la forme architecturale du passage voûté menant à la chambre. La cendre n'était assortie à rien.

Quirk rompit le silence :

— Il nous faut trouver qui est le gars qui a laissé une rose pour Susan.

— Ça fait un moment que j'y réfléchis, lui dis-je.

— Vous avez une idée sur la façon de procéder ? demanda-t-il.

— Oui ; il ne faut surtout pas nous tromper, répondis-je. La chose à faire est de surveiller le bureau de Susan et repérer ceux de ses patients qui pourraient être le type que j'ai poursuivi.

— Susan ne veut pas coopérer ? demanda Belson.

— Non.

— Même pas pour sauver sa peau ?

— Sa vie.

— Ouais, pardon, dit Belson.

— Non.

— C'est pas normal, fit Belson.

— Pas pour vous, dit Hawk. Mais ça l'est pour Susan.

A nouveau Belson regarda Hawk pendant un moment, puis il hocha la tête.

— Combien de temps ça va prendre? demanda Quirk.

— Une semaine ou deux, répondis-je. La plupart des patients viennent une ou deux fois par semaine. Je n'ai pas trouvé mieux.

Quirk hocha la tête. Je poursuivis :

— Il faudra faire attention. Si un malade termine sa séance de psychothéraphie et s'aperçoit qu'il est suivi par un flic...

— Je sais, dit Quirk. On ne peut pas foutre ces gens en l'air.

— Si Susan nous surprend, ça va barder, s'inquiéta Hawk.

— Ça aussi, je le sais, dit Quirk.

— Alors c'est décidé, dis-je, on fait le guet. Le premier patient arrive à neuf heures et le dernier s'en va à six heures du soir. S'ils sont en voiture, on n'a qu'à relever le numéro d'immatriculation. S'ils sont à pied, on peut les suivre.

— Et l'un d'entre nous est toujours là, avec Susan, dit Quirk.

— Ouais.

— On peut voir d'ici? demanda Quirk en se dirigeant vers la fenêtre.

— Pas assez bien. Il faut qu'on soit dehors.

Hawk regarda par la fenêtre. Il faisait sombre et la pluie tombait ferme.

— C'est dehors qu'il faut être quand on est en vacances, dit-il.

Ils croyaient que c'était quelqu'un d'autre. Un négro. Un type qui avait tué sa femme en imitant sa façon à lui pour faire croire qu'il les avait toutes tuées. Ça pour un coup de pot. Il n'avait plus qu'à arrêter et le négro passerait à la chaise électrique et lui, il serait tranquille. Mais est-ce qu'il pourrait s'arrêter ? Oh, la, la, qu'est-ce que ça allait lui manquer. Quelle perte. Quel trou dans son existence. C'était son occupation. Préparer, traquer, attraper, échapper, ça l'organisait. Sans ça, qui était-il ? Que fallait-il qu'il fasse ? S'il pouvait en parler à la psy ? Mais si elle savait, elle le dénoncerait. Il ne pourrait plus la voir, mais il voulait qu'elle sache.

— Entrez, dit-elle.

La pluie faisait comme un rideau le long des fenêtres derrière l'aquarium de poissons tropicaux. Les poissons avaient l'air agités. De l'eau et de l'eau. Il s'assit dans son fauteuil habituel. Il avait absolument besoin qu'elle sache. Mais elle le dirait à quelqu'un. Il savait qu'elle le dirait à son petit ami.

— Quand j'étais petit, dit-il, j'étais très proche de

ma mère. (Elle hocha la tête.) Je pouvais tout lui raconter. Elle me disait : « C'est normal. Je suis ta mère. »

De son index, elle fit un infime mouvement circulaire pour l'encourager à continuer.

— Je lui disais tout.

Ce jour-là, elle portait un tailleur en tartan brun, avec un chemisier blanc.

— Je me souviens quand j'étais petit, peut-être en dizième, j'ai euh, j'ai fait dans mon pantalon.

Elle hocha la tête ; aucune réaction, ni de dégoût ni d'amusement. Il ressentait encore la chaleur de sa gêne.

— Ils ont téléphoné à ma mère et elle est venue me chercher et elle n'en a pas fait une histoire, elle m'a dit que ça pouvait arriver à n'importe qui. Alors je suis rentré à la maison avec elle et je lui ai demandé de ne pas le dire et elle me l'a promis... Une de ses amies était là et quand je suis redescendu après avoir pris un bain, l'amie m'a taquiné à cause de ça.

— Alors elle l'avait dit, fit la psy.

Il hocha la tête.

— Je...

Il s'interrompit, avala sa salive. Il était incapable de parler.

— Vous ne pouviez pas lui faire confiance.

A nouveau, il ne put que hocher la tête. Comme si sa voix était paralysée. Il pouvait très bien respirer, avaler, mais, apparemment, il ne pouvait plus parler. Le silence semblait pesant. Derrière elle, la pluie tambourinait sur les vitres. Pas de poissons dans cette pièce. Rien que dans la salle d'attente. Il respirait par la bouche.

Elle attendait.

— Je n'ai jamais rien dit, fit-il enfin d'une voix flûtée qui semblait presque détachée de lui.

— Et si vous l'aviez fait ? demanda-t-elle.

— Elle se serait fâchée. Elle ne reconnaissait jamais qu'elle avait tort. Si je disais quoi que ce soit, elle se fâchait après moi.

— Que se passait-il, quand elle se fâchait ?

— Elle ne m'aimait plus.

La psy hocha la tête.

— Est-ce que c'est de l'amour, ça ? reprit-il. Est-ce que c'est vraiment de l'amour quand on peut m'aimer ou ne pas m'aimer, selon son humeur ?

Elle hocha doucement la tête et, à nouveau, on n'entendit plus que le bruit de la pluie sur les carreaux.

16

Hawk prit la garde de jour dans la maison de Susan. Belson et moi nous installâmes avec Quirk dans la voiture de ce dernier. Quirk et moi à l'avant, Belson sur le siège arrière. La pluie qui ruisselait sur les vitres brouillait tout.

— Pas d'essuie-glace, dis-je. Trois gars assis dans une voiture avec le moteur qui tourne et les essuie-glace en marche, c'est comme un feu bleu à éclats sur le toit.

— Vous y voyez assez bien pour reconnaître quelqu'un ? demanda Quirk.

Nous étions de l'autre côté de la rue, à une cinquantaine de mètres de la maison de Susan.

— Non, répondis-je, mais nous n'avons pas besoin de distinguer les détails. N'importe quel homme blanc, qui semble capable de courir plus vite que moi.

Quirk hocha la tête.

— Frank, demanda-t-il, tu veux t'occuper du premier ?

— D'accord.

Nous restâmes silencieux et la pluie continua de tomber. Au bout de dix minutes, les vitres commencèrent à s'embuer. Quirk les abaissa un tout petit peu du côté opposé à la maison de Susan. A onze heures moins dix, un patient sortit de la maison et descendit les marches du perron.

— Celui-là ? demanda Quirk.

— Ça va, au point de vue taille, répondis-je. (Vue à travers la vitre mouillée, la silhouette de l'homme était floue et brouillée.) Il est blanc ?

— S'il ne l'est pas, dit Belson, j'arrêterai de le suivre.

Il descendit de voiture côté trottoir et marcha dans Linnaean Street en direction de Garden, parallèlement au patient de Susan qui était de l'autre côté de la rue.

Au bout d'un moment, Quirk me dit :

— Ça va, il est Blanc.

— Le tout, c'est que Belson ne le perde pas.

— Belson ne le perdra pas, affirma Quirk. Et le gars ne le remarquera pas.

Je hochai la tête en disant :

— Et s'il monte en voiture, Belson relève le numéro.

— Et comme ça, on peut l'identifier. Le prochain arrive à quelle heure ?

— En principe, d'une minute à l'autre et il devrait repartir vers midi moins dix.

— L'heure de cinquante minutes, dit Quirk.

Nous regardâmes la pluie glisser le long des vitres. A onze heures moins cinq, une femme en trench-coat beige, avec un foulard violet sur la tête, monta les quatre marches du perron de la maison de Susan, sonna et entra.

— Merde, dit Quirk.

— Plus rien, maintenant, jusqu'à une heure moins dix. Autant aller boire un café.

Pour ne pas perdre la place de stationnement, nous nous rendîmes à pied à Massachusetts Avenue et prîmes un café dans une boulangerie-pâtisserie. Nous prîmes aussi un gâteau chacun. Fourré au fromage blanc. Dès midi et demi nous reprenions notre faction dans la voiture de Quirk. A une heure moins six, une femme vêtue d'un imperméable rouge à ceinture, sortit sur le perron de la maison de Susan et ouvrit un parapluie noir. Nous ne fîmes aucun commentaire.

— Si beaucoup de malades correspondent à la description, dit Quirk, ça va prendre du temps. A trois, nous n'y suffirons pas.

— Hawk reste là où il est, dis-je.

Quirk approuva d'un signe de tête.

— Moi, je ne peux pas utiliser des gens de mon service.

— Même à titre officieux ? Pour vous faire une fleur ?

— Ce serait trop exiger d'eux, dit Quirk. Je suis excommunié tant que je n'aurai pas dit amen à la version officielle.

— *Eppur si muove*...

— Je suis encore plus obstiné que Galilée.

— Certes.

A une heure moins deux, un grand gaillard vêtu d'une veste en cuir noir et coiffé d'un chapeau imperméable, entra dans la maison de Susan.

— Charley Mahoney, dit Quirk. L'adjoint.

— C'est pas lui. Trop lourd. Je pourrais le rattraper en moins de cent mètres.

— Si ça vous arrive, faites gaffe.

Nous ne parlâmes plus pendant un moment. Les deux malades suivants étaient des femmes. A quatre heures deux, un homme portant un parapluie ouvert tourna dans l'allée de la maison de Susan et monta les quatre marches.

— Ça pourrait être lui, dis-je à Quirk.

— Et il est en retard. Je m'en chargerai à sa sortie.

A 16 h 53, l'homme ressortit, ouvrit son parapluie et se dirigea vers Massachusetts Avenue, suivi de Quirk.

A 16 h 56, un type relativement grand arriva, vêtu d'une veste kaki et d'un chapeau militaire australien, dont le bord était fixé d'un côté contre la calotte. Je ne le pris quand même pas pour un soldat australien. Nous étions à Cambridge.

Il ressortit de chez Susan à six heures moins trois et partit en direction de Massachusetts Avenue. Il marchait du côté gauche de la rue. Je descendis de voiture et le suivis en restant du côté droit et à une quinzaine de mètres derrière lui. La pluie tombait encore et le jour déclinait. J'observai sa façon de marcher, en essayant de voir si ses mouvements me rappelaient quelque chose. Mais les mouvements de la marche et ceux de la course sont différents. Cet homme avait la taille voulue et une démarche souple, athlétique. La pluie tombait comme si elle avait décidé de ne plus jamais s'arrêter. Je portais un jean, des Reebok en cuir blanc, un tee-shirt gris, une veste en cuir ; le feutre qui m'avait été offert par Paul Giacomin semblait pouvoir être porté au Kenya à condition que ce soit sur la tête de Stewart Granger. Les Reebok furent vite trempés mais le reste supportait assez bien la pluie. La filature était facile parce que l'homme que je suivais marchait tête basse, les épaules arrondies et en dehors du moment où il traversa Linnaean Street devant moi, pour descendre Massachusetts Avenue en direction de Harvard Square, je n'eus pas à déployer beaucoup de ruses.

Quand un gars ne sait pas qu'il est suivi ou quand il s'en moque, une filature n'entraîne pas de surmenage cérébral. Elle demande simplement un peu de concentration pour éviter d'être surpris en train d'observer la réflexion dans une vitrine du type qu'on suit, ou rester si loin derrière lui que s'il monte dans le métro ou dans un autobus, on reste planté là comme un imbécile. L'idéal, c'est d'avoir un soutien ; comme ça on est plusieurs à se relayer et on dispose d'une voiture au cas où le type sauterait dans un taxi. Je n'ai jamais trouvé un chauffeur de taxi qui réagisse dans le bon sens quand on lui dit : « Suivez ce taxi ! » Le dernier a qui j'ai dit ça a écrasé les freins, m'a conseillé d'aller me faire voir, à pied et m'a demandé : « Tu me prends pour ce con de James Bond ? »

A ma droite, Cambridge Commons était détrempé et mal entretenu. Je n'y vis qu'une gamine vêtue d'une jupe droite et d'une veste imperméable, accompagnée d'un grand Labrador noir qui avait un foulard rouge en guise de collier. La fillette n'avait pas de chapeau et ses longs cheveux noirs étaient collés sur son crâne et dans son cou. Le chien décrivit un large cercle en flairant le sol autour de la statue du monument aux morts, puis il se coucha sur le flanc dans une grande flaque, les pattes raides et la langue pendante.

— Othello, dit la gamine, ne fais pas le clown.

A Harvard Square, Massachusetts Avenue part vers l'est en direction de Boston. Brattle Street va vers l'ouest et Watertown, tandis que John F. Kennedy Street descend vers le fleuve. Le vague triangle ainsi formé contient le célèbre kiosque où l'on peut trouver tous les journaux qu'on veut, deux petits kiosques de style vaguement byzantin, où l'on peut se procurer soit des renseignements soit des billets de théâtre, et les entrées du métro Harvard Square. Les gosses qui traînaient par petits groupes autour de triangle ou à l'intérieur, étaient presque tous décharnés, pâles et très jeunes. Ils avaient des vêtements ridicules, des coiffures grotesques et ils écoutaient de la musique lassante sur des transistors. De temps en temps, une guitare, une sorte de salut à la tradition, c'est-à-dire, pour eux, les années soixante. Peut-être étaient-ils là parce qu'ils n'avaient pas d'autre endroit où aller et, à l'abri de la pluie froide du printemps sous l'entrée du métro, ils s'efforçaient d'avoir l'air éloignés des valeurs bourgeoises.

L'homme que je filais s'arrêta sous le toit de l'entrée du métro et observa un groupe de cinq punks qui se tenaient de l'autre côté de l'entrée. Un garçon maigre, aux bras très blancs et squelettiques quitta les autres et vint lui parler. Le garçon était torse nu sous son blouson de cuir à manches courtes et son pantalon noir, moulant, en tissu synthétique, était fourré dans des bottes de motard. Le blouson et les bottes étaient garnis de clous argentés. Le garçon avait les cheveux teints en rose, taillés à l'Iroquoise et une dizaine d'anneaux en argent dans une oreille. Une forme de bravade.

Mon type hocha la tête, s'avança sous la pluie et le garçon l'accompagna. Ensemble, ils remontèrent l'avenue sous la pluie. La coiffure du garçon flétrissait un peu mais la couleur tint bon. Malgré la pluie, il y avait beaucoup d'activité dans la rue. Des gens qui rentraient de leur travail, des étudiants qui se rendaient à la bibliothèque, au bistrot, ou au cinéma, quelques touristes qui étaient venus voir le célèbre Harvard Square et qui semblaient un peu déconcertés maintenant qu'ils y étaient. Du côté nord de Massachusetts Avenue, la brique rouge de Harvard apparaissait indistinctement, tandis que du côté sud le Holyoke Center, qui était aussi Harvard, semblait plus gris que d'habitude à la triste lumière de cette soirée pluvieuse.

A Putnam Street où Mount Auburn fusionne avec Massachusetts Avenue, nous tournâmes tous trois en direction du fleuve, passant devant le grand magasin de meubles et nous engageant dans un quartier assez peu reluisant où les piétons étaient plus rares. Je restai plus loin en arrière. Ça devenait coton. Comme il n'y avait guère de maisons individuelles, s'il entrait quelque part je risquais d'avoir à choisir entre cinq ou six noms. Je me rapprochai. Mon type s'arrêta devant une maison à un étage, peinte en vert, et regarda rapidement autour de lui.

Depuis qu'il était en compagnie du garçon, il avait un comportement furtif.

Je les dépassai, en marchant tête basse sous la pluie qui semblait venir tout droit du fleuve, au bout du Putnam Street. J'avançai encore un peu, puis m'arrêtai pour regarder la vitrine d'une charcuterie italienne et je les observai du coin de l'œil, sans tourner la tête. Mon type me regarda un moment. Le garçon lui secoua le bras et lui dit quelque chose. Mon type hocha la tête et s'engagea dans l'allée qui longeait la maison.

J'attendis une bonne minute avant de rebrousser chemin. Personne en vue. Je m'engageai dans la même allée que mon type et trouvai une porte sur le côté de la maison. Elle était fermée. Au moment où je m'arrêtais devant, une lumière s'alluma au premier étage. J'approchai ma tête pour regarder la plaque. Il ne faisait pas encore nuit mais le ciel était brouillé et je ne pus la lire. Je mis la main dans la poche intérieure de ma veste en cuir et en sortis des lunettes à verres grossissants que j'avais payées douze dollars. Je les mis et regardai à nouveau la plaque. J'y lus PHILIP ISELIN, DOCTEUR EN PHILOSOPHIE. S'il avait fait soleil, je n'aurais pas eu besoin de lunettes pour la lire.

17

Quand je revins après avoir filé Philip Iselin, Hawk et Susan, debout dans la salle d'attente du rez-de-chaussée, regardaient l'aquarium. Le couvercle du réservoir avait été enlevé, sur la surface de l'eau, il y avait une nappe huileuse et dans cette nappe flottait une rose rouge. A différents stades de suspension dans l'eau, sous la surface, les poissons tropicaux flottaient, morts ou, dans deux cas, mourants.

— C'est sans doute de l'essence, dit Hawk. Ça en a l'odeur.

Je hochai la tête en regardant Susan. L'aérateur de l'aquarium, impuissant contre les effets de l'essence, continuait inutilement de dégager des bulles.

— Je ne sais pas quand c'est arrivé, dit Susan. Evidemment, la porte d'entrée n'est pas fermée à clé pendant la journée, aussi n'importe qui a pu s'introduire ici pendant que j'étais avec un patient.

— Tu ne l'aurais pas entendu ?

— Non. Normalement, les patients sonnent et se rendent dans la salle d'attente. Mon bureau en est séparé par un système de doubles portes pour que mes malades ne soient pas dérangés.

Hawk regarda les portes du bureau. Il y en avait effectivement deux. L'une s'ouvrait vers l'extérieur, sur la salle d'attente, l'autre vers l'intérieur, sur le bureau. Il fallait être un habitué pour le savoir.

— Seul un patient pouvait connaître le système, dis-je.

— La plupart des thérapeutes ont probablement un système analogue, tenta d'expliquer Susan.

— Oh, voyons, Susan, dit Hawk. Si ce n'est pas un de vos malades, il nous faut imaginer quelqu'un en train de se balader avec de l'essence dans sa poche et une rose rouge, en cherchant un aquarium installé dans une maison.

— Et qui aurait assez de chance, ajoutai-je, pour entrer ici par hasard et en trouver un.

Susan hocha la tête :

— Ce serait prendre mes désirs pour des réalités. Mais ça ne signifie pas que celui ou celle qui a fait ça est le Tueur à la rose rouge.

— *Celle* est plus un désir qu'une réalité, dit Hawk. A moins que vous ne vouliez croire que ce n'est pas la même personne qui a forcé la porte, l'autre soir, et vous a laissé une rose rouge.

Susan respira lentement et profondément.

— Ça ferait un peu trop de coïncidences, reconnut-elle. C'est donc probablement un homme et probablement un de mes patients. Mais ce n'est pas forcément « probablement » le tueur.

— Mais nous ne pouvons pas faire comme si ce ne l'était pas, lui dis-je. Peux-tu nous donner la liste des malades que tu as vus aujourd'hui ? (Elle secoua la tête.) Mon Dieu, que tu es têtue.

— Oui, mais ce n'est pas que ça, dit-elle. Il me semble que si quelqu'un avait l'intention de faire ça, il le ferait un jour où il n'a pas rendez-vous. Et il me semble que c'est quelqu'un qui essaye de me dire quelque chose qu'il ne peut pas me révéler pendant la thérapie. S'il s'agit du tueur, nous pouvons espérer qu'il finira par me dire que c'est lui. Si ce n'est pas lui, les raisons de préserver son anonymat sont évidentes.

Je regardai Hawk. Il haussa presque imperceptiblement les épaules.

— Et pas bête, avec ça, dit-il.

— Si le Tueur à la rose rouge se découvre, pendant une séance, pourrais-tu prendre le temps de nous le signaler, à l'un ou à l'autre ? demandai-je.

— Tu as fini d'empisser ? dit Susan. Tu sais très bien que je le dirai, quand j'en serai sûre. Je ne veux pas qu'il y ait d'autres meurtres, y compris le mien.

— Empisser ? demandai-je.

— Oui, empisser, répondit-elle. Je ne m'attends pas à ce que tu comprennes tous les termes techniques de ma profession.

— Tu veux nettoyer l'aquarium ? lui demandai-je.

— Oui. Et y mettre d'autres poissons.

— Pour ne pas troubler les patients ?

— Non, en fait, je veux en troubler un. Je veux déranger et contrarier celui qui a empoisonné les poissons. Ça l'obligera à extérioriser autrement ce qu'il s'efforce d'exprimer et peut-être le fera-t-il dans mon sens.

— Vous les psys, vous avez vraiment l'esprit tortueux, lui dis-je. Et s'il extériorise de façon violente ?

Susan sourit avec douceur.

— Alors vous interviendrez, toi ou Hawkichou. N'est-ce pas pour cela que vous traînez chez moi ?

A cela, je n'eus rien à répondre. Hawkichou non plus.

… Est-ce qu'elle avait peur ? Elle devait avoir peur. Au fond, elles avaient toutes peur. N'importe quelle femme serait effrayée. Est-ce qu'elle avait deviné que c'était lui ? Est-ce que son petit ami l'avait vu clairement, l'autre soir ? L'idée qu'elle savait peut-être, le faisait suffoquer d'exquise frénésie. Un jour, peut-être…

— J'ai vu votre nom dans le journal.

— Um, hmm, dit-elle.

Un jour, peut-être…

— Votre petit ami travaille sur l'affaire de la Rose rouge.

— Um, hmm.

Un jour, peut-être… La peur se ramifiait dans tout son corps.

— Qu'est-ce qui pourrait pousser un type à faire une chose pareille ?

Elle eut simplement l'air intéressé. Elle ne parla pas.

Quand il lui parlait, la sensation qu'il éprouvait lui rappelait l'effet que ça lui faisait, quand il était gosse, d'agacer avec sa langue une dent qui branlait. Elle le soupçonnait. C'était comme s'il se déshabillait devant elle. Regardez ça.

— Je suis comme fasciné par ce type, ce type à la rose rouge.

— Um hmm ? fit-elle sans qu'il y eût, dans sa voix, ni encouragement ni désapprobation.

— Ça ne vous ennuie pas que j'en parle ?

— Non, répondit-elle. On verra à quoi ça nous amène.

— Ma mère aurait fait... (Il imita la moue réprobatrice et mal à l'aise de sa mère.) Elle détestait tout ce qui était sale.

— Quel genre de choses étaient sales, selon elle ?

— Ben vous savez, le sexe, tout ce qui concernait le sexe.

Elle hocha la tête. Elle comprenait.

— Et votre père ? demanda-t-elle.

— Il l'aimait tellement. Il faisait tout ce qu'elle voulait... sauf arrêter de boire.

— C'est donc elle qui détenait le pouvoir dans la famille.

— Non, oui, en fait, c'était marrant. On faisait tous comme si c'était vrai, on lui disait qu'elle était drôlement intelligente et qu'elle savait toujours tout réparer, tout arranger et trouver la solution à tout. Mais en fait, elle était faible et bête, elle avait peur de tout et c'était comme un jeu auquel on jouait, mon père et moi. Sauf qu'on le disait jamais.

— Vous le saviez ?

Assise, très calme, ses grands yeux fixés sur lui, elle était très intéressée, très gentille.

— Pas à ce moment-là, sauf que si, je m'en rendais

compte. Je crois que je le savais sans le savoir, si vous voyez ce que je veux dire.

— Je vois, dit-elle en hochant la tête.

— Parce que vous voyez, elle vous disait avec certitude comment étaient et comment devraient être les choses, et on la croyait et en même temps on savait qu'elle n'y connaissait rien. Par exemple, elle était incapable de vous dire où se trouvait le Brésil. Et elle ne savait pas très bien lire, et elle avait vécu chez ses parents jusqu'à ce qu'elle épouse mon père et après, elle a vécu tout le temps avec lui, jusqu'à ce qu'il meure.

Maintenant, elle se penchait légèrement en avant, dans son fauteuil, les mains posées sur ses genoux serrés.

— Et elle ne s'intéressait jamais ni à lui ni à moi. Elle disait que oui, mais elle ne prêtait jamais vraiment attention à ce qu'on disait et elle n'avait aucune idée de ce qui comptait pour nous. Je crois qu'elle ne comprenait presque rien et quand on parlait des choses, ça lui faisait peur.

Tout était calme, dans la pièce. Elle était là, assise, vêtue d'un tailleur noir. Il se l'imagina le matin, en train de mettre son tailleur. Il se sentait au bord des larmes. Il n'aspirait qu'un peu d'air à la fois, par petites bouffées rapides.

— Mais elle m'aimait, dit-il.

— Et si vous ne jouiez pas le jeu, elle ne vous aimait pas, dit-elle.

Il fut incapable de parler. Il hocha la tête. Ils restèrent tous deux tranquillement assis, tandis qu'il se débattait avec sa respiration et avec ses larmes.

— La faiblesse peut être puissante, n'est-ce pas ? fit-elle.

A nouveau, il hocha la tête.

— Et effrayante.

— Oui, dit-il d'une voix étranglée.

Il aurait voulu lui dire l'autre chose. La chose qu'il ne disait jamais. Il ouvrit la bouche. Il sentit la chose se refermer en lui. Il ne pouvait pas. Il n'avait jamais pu. Il ne pouvait pas.

18

Au bout de sept jours, Quirk, Belson et moi avions établi une liste de sept suspects. Tous les autres patients n'étaient pas des hommes, ou pas assez jeunes, pas de la bonne couleur ou pas de la bonne taille.

Assis dans mon bureau, un beau samedi matin, nous buvions du café pendant que Quirk inscrivait la liste des sept possibilités sur le tableau noir.

— Bon, dit-il, voilà ce que nous avons. (Son excommunication n'avait pas entamé son comportement de lieutenant.) Dans l'ordre où nous les avons repérés : le premier gars que Belson a filé s'appelle Gordon Felton et habite Charlestown, près de Thomson Square. Il est employé comme gardien par une entreprise de sécurité de Boston, qui s'appelle Bullet Security Systems.

Belson sourit.

— Ils ont sans doute des mitraillettes en croix sur leurs cartes de visite, dit-il.

— Ça en fait une sorte de flic, fis-je observer.

— Ouais, si vous voulez, me dit Quirk. Votre

type, Phil Iselin, est maître d'Etudes orientales à Harvard et vit là où vous l'avez suivi, dans Putnam Street. Le troisième est Mark Charles, il est interne à l'hôpital municipal de Boston et habite le South End, dans West Newton Street. Numéro quatre, Lewis Larson. C'est un flic du quinzième commissariat, qui travaille à partir d'une voiture de patrouille. Le numéro cinq est un type qui tient une charcuterie fine à Wellesley, Edward Eisner ; il habite à côté du magasin. En sixième position, nous avons Ted Sparks qui est prof de maths au M.I.T. et vit à Boston, dans Lime Street. Le numéro sept est un Français, Emile Gagné, licencié en Sciences politiques, qui poursuit ses études à la Kennedy School et vit dans un immeuble dont il est copropriétaire, dans Mount Auburn Street.

Il s'interrompit ; son regard se posa sur nous. Nous le regardions. Jusqu'à présent, il s'était contenté d'exposer, dans l'ordre, les faits que nous connaissions. Pas de quoi crier hourra.

— Donc, un de ces sept types est probablement le bonhomme que vous avez poursuivi, me dit Quirk.

— Ç'aurait été vachement plus facile si vous l'aviez attrapé, ajouta Belson, ou si au moins vous l'aviez bien regardé.

— Nous devrions peut-être les aligner et leur faire faire la course avec moi, dis-je. Ceux que je battrais ne seraient pas le bon.

— Rien du côté de Susan ? demanda Quirk.

— Non. Hawk est resté là-bas tous les jours, pendant toute la journée, en laissant ouverte la porte du premier. Il ne s'est rien passé d'anormal et Susan n'a rien de particulier à signaler.

— Hawk s'amuse bien ? demanda Belson.

— Aussi bien que « l'oiseleur d'Alcatraz », répondis-je.

Belson sourit :

— C'est le plus près que Hawk se soit jamais trouvé d'une prison.

— En tout cas, pendant qu'il est là, dit Quirk, il ne traîne pas dans la rue.

— Maintenant que grâce à moi, le nombre infini de possibilités est réduit à sept, est-ce que vous pourriez découvrir lequel des sept est Rose rouge ? demandai-je. Pendant votre congé ?

— Ne sommes-nous pas des enquêteurs chevronnés ? fit Quirk.

— Sans nous faire intenter un procès par l'Institut de Psychanalyse de Boston, précisai-je.

— Peut-être qu'on sera virés, dit Quirk. Nous monterons notre propre entreprise. Quirk et Belson, détectives privés.

— Toujours lieutenant, fit Belson. Par ordre alphabétique, ça devrait être Belson et Quirk.

— Si nous trouvons quelque chose, nous vous préviendrons, me dit Quirk.

— Commencez par le gardien du service de sécurité et le flic, lui recommandai-je.

— Ouais, dit Quirk.

— Tous les autres sont le genre de gars qu'on s'attend à trouver chez une psychothérapeute, dis-je. Même le flic. Mais, à votre avis, combien de gardiens y a-t-il qui font une psychothérapie chez une psy de Cambridge ?

— Il doit bien y en avoir quelques-uns, dit Belson.

— Ouais, mais tous les autres sauf le flic répondent aux normes et on peut expliquer la présence du flic — stress professionnel, la réputation de Susan, de bouche à oreille, entre flics. Le cas atypique est celui du gardien. Il faut bien commencer quelque part.

Quirk hocha la tête et dit :

— Je vous tiendrai au courant de nos recherches.

19

Le répondeur était branché dans mon bureau, pendant que je faisais du baby-sitting chez Susan et que j'attendais que Quirk et Belson aient trouvé quelque chose. Hawk les aidait — curieuse association — et j'étais seul avec mes livres, ma radio et mon Colt Python dans le salon de Susan, avec la porte entrouverte.

Je me sentais isolé, inutile, frustré et je m'ennuyais. Mon désir de coincer le type qui avait laissé la rose et m'avait échappé, était tangible, comme le désir sexuel, et je le sentais me picoter les muscles du cou et des épaules, pendant que j'étais là, assis, que j'attendais et écoutais.

Pour faire passer le temps, j'appelai mon répondeur et entendis un message laissé par une femme qui s'appelait Sara, qui me disait qu'elle était productrice de l'émission de Jimmy Winston et qui me demandait si j'accepterais de venir parler de Rose rouge.

Je lui téléphonai.

— Oh, me dit-elle, très décontractée, je vous

remercie de m'avoir rappelée. Nous savons que tout le monde n'est pas convaincu que ce Washburn est réellement Rose rouge.

— Um huh, lui dis-je.

— Mais nous n'avons pas réussi à trouver quelqu'un qui veuille bien en parler, poursuivit-elle. Nous avons eu le chef de la Criminelle, qui a téléphoné pendant l'émission, mais depuis pas une seule personne des services de police ou du bureau du procureur n'a même accepté de nous rappeler.

— Moi, ça m'arrive tout le temps, lui dis-je. On en viendrait parfois à douter de soi.

— Oh, oui. Toujours est-il que nous savons que vous vous êtes occupé de cette affaire et que nous nous demandions si vous accepteriez de venir, un de ces soirs, participer à l'émission, discuter avec Jimmy et, peut-être, répondre à quelques appels.

— Bien sûr, répondis-je. La police n'a pas pu m'obliger à prendre des vacances.

— Vous serait-il possible de venir ce soir ?

— Bien sûr, à condition que je puisse amener mon amie.

— Mais certainement.

C'est ainsi qu'à 21 h 45, Susan et moi montions dans l'ascenseur d'un immeuble proche de Government Center.

— Pourquoi fais-tu ça, déjà ? demanda Susan.

— Plus ou moins pour venger Quirk, répondis-je. Il est obligé de faire ce qu'on lui dit. Pas moi.

— Oui, dit Susan. J'avais remarqué ça, chez toi.

L'ascenseur atteignit le sixième étage et nous nous présentâmes à la gardienne qui occupait le bureau de la réception. Je remarquai qu'elle n'était pas une employée de Bullet Security. Elle passa un coup de fil et, une minute après, une blonde boulotte qui portait des lunettes bordeaux en ailes de papillon, arriva dans le couloir.

— Salut, dit-elle. Je suis Sara. Jimmy vous attend.

Nous la suivîmes dans le couloir, puis dans un studio où Jimmy Winston, coiffé d'un casque, écoutait quelqu'un qui appelait. Quand il nous vit entrer, il hocha la tête et me fit signe d'aller m'asseoir en face de lui, à un pupitre en U. Il y avait un fauteuil pivotant et un casque accroché à un clou. Sur le mur en face de Jimmy, le sigle de la station figurait en grands caractères ainsi que le numéro de téléphone qu'il fallait composer pour intervenir dans l'émission. Sous les numéros, il y avait une vitre à travers laquelle on voyait la salle de régie. Je m'assis dans le fauteuil pivotant et Susan dans un autre placé contre le mur, près de la porte. Je remarquai que Jimmy regardait les jambes de Susan au moment où elle s'asseyait.

— Vous avez parfaitement le droit de penser ce que vous voulez, dit Jimmy dans le micro, mais j'en ai vraiment assez de l'écouter.

Il fit signe à la régie de couper.

— Vous écoutez W.K.D.K., la *Pensée* de Boston. Ici Jimmy Winston qui vous retrouve dans cinq minutes, après le flash d'information.

A nouveau, il tendit le bras vers la régie, puis il se renversa contre le dossier de son fauteuil et pivota vers moi. De l'autre côté de la vitre, je vis un speaker cadavérique se placer à côté du technicien et se mettre à lire le bulletin d'informations.

— Ils sont tous là, ce soir, en train de vociférer, dit Jimmy Winston.

Winston, un gros type aux cheveux coupés en brosse, portait des lunettes noires à l'intérieur. Des Rayban cerclées de noir. Sa chemise blanche à col long était ouverte jusqu'au milieu de sa poitrine. Son pantalon gris était en laine peignée. Il avait ôté ses chaussures et les avait poussées sous le pupitre.

— Vous êtes le détective, me dit-il.

Je hochai la tête et montrai Susan.

— Et voici Susan Silverman.

Il lui adressa un petit signe de tête rapide.

— Alors, qu'est-ce que vous savez et avez gardé pour vous ? me demanda-t-il.

— J'ai une recette pour les crêpes à la farine de maïs que je n'ai jamais révélée, répondis-je.

Le sourire de Jimmy était aussi inexpressif qu'automatique.

— Ouais, au poil. Mais qu'est-ce que vous pensez de ces meurtres en série ? Vous croyez que les flics n'ont pas arrêté le vrai coupable ?

Nous fûmes interrompus par Sara qui vint lui porter une feuille dactylographiée et le prévenir qu'il y avait des changements dans l'ordre de passage des publicités.

— Vous auriez aussi pu attendre que je sois à l'antenne pour me prévenir. Qui c'est qui a changé ça ?

— La programmation... dit Sara.

Jimmy l'interrompit d'un geste.

— Bon, ça fait rien, barrez-vous. J'ai pas le temps. Je lirai ça et je me débrouillerai à l'antenne.

Il se mit à lire la feuille qu'elle lui avait apportée. Je regardai Susan. Elle me sourit d'un air paisible.

— Ça va être passionnant, dit-elle.

Le speaker termina la lecture du flash d'information. Il fut remplacé par une publicité pour un marchand de voitures. Jimmy me dit :

— Bon, nous avons environ trente secondes. Je commencerai par vous poser une ou deux questions pour planter le décor, puis nous prendrons les communications. Pour ça, il vous faudra les écouteurs. (Il avait plutôt l'air d'un crapaud, mais sa voix avait la riche sonorité des voix professionnelles. Pleine d'autorité. Sous-entendu : Je ne souffre pas d'insolence. Ayez confiance en moi. La lumière indiquant que le micro était ouvert s'alluma et Jimmy dit :) Vous écoutez W.K.D.K., la *Pensée* de Boston. Ici Jimmy Winston. Nous allons passer une heure avec un privé de Boston, qui dit que la police accrédite la version qui l'arrange dans l'affaire du Tueur à la rose rouge et qui est là pour nous le démontrer par a plus b. Comment avez-vous commencé à vous occuper de cette affaire, monsieur Spenser ?

Je regardais Susan qui me souriait d'un air diablement angélique.

— Je l'ai fait à la demande de l'inspecteur chargé de l'enquête.

Jimmy consulta ses notes.

— Vous parlez sans doute du lieutenant Martin Quirk de la Criminelle.

Toutes ses paroles semblaient être des accusations ou l'annonce de la troisième guerre mondiale.

— C'est ça.

— Il ne s'occupe plus de l'affaire, dit Winston. Pourquoi continuez-vous ? Vous pensez que Washburn est innocent ?

— Je ne pense pas que Washburn soit le Tueur à la rose rouge, répondis-je. Il voudrait qu'on le croie et ça arrange tout le monde de le croire, mais je pense que le vrai tueur se balade encore en liberté.

— Bien que les enquêteurs les plus haut placés de la police de cet Etat soient persuadés du contraire ?

— C'est intimidant, répondis-je. Mais je le pense quand même.

Jimmy alluma une cigarette. C'était peut-être la cinquième depuis que j'étais là.

— Vous voulez faire la lumière sur cette affaire, dit Jimmy.

— Je veux que la lumière soit faite, oui.

— Mais vous aimeriez bien que ce soit par vous, n'est-ce pas ?

— Pour signer un contrat avec les producteurs de cinéma et avoir ma photo dans *People ?*

— Je ne peux pas croire que vous n'ayez pas pensé à ça.

— Essayez.

— Vous avez des preuves ? demanda Jimmy. Si vous en avez, vous pourriez peut-être nous les présenter et peut-être nous expliquer pourquoi ni le chef de la police ni le procureur du comté de Suffolk ne les ont.

Je lui dis tout ce que je savais à part ce qui concernait Susan et notre liste de sept suspects. Jimmy eut l'air écœuré.

— Vous n'avez aucun élément de plus que ceux qu'avait le lieutenant Quirk, dit-il. Il est temps de coiffer le casque à écouteurs. (Il regarda le petit écran de télé placé devant lui et vit apparaître le nom de six personnes et celui de la ville d'où elles appelaient.) Nous avons Clara de Boston au bout du fil. Salut, Clara, vous êtes en communication avec la *Pensée* de Boston.

— Salut. Jimmy ?

— Allez-y, vous êtes à l'antenne.

— Jimmy, j'adore votre émission. Je tenais à vous le dire.

— Merci, Clara. Avez-vous une question à poser à notre invité ?

— Ouais. Monsieur Spenser ?

— Oui, Clara ?

— Vous avez vu les cadavres, pas vrai ?

— Oui.

— Est-ce qu'elles étaient toutes déshabillées ?

— Oui.

— Et violées ?

— Non, pas de la façon dont on entend ce mot.

— Mais si, bien sûr qu'il les a violées, alors moi, je dis qu'on devrait le châtrer, cet animal.

— Vous dites ça souvent, n'est-ce pas, Clara ?

— Si on les lui coupait, il serait pas en train de violer des femmes et de les ligoter.

— Merci, Clara, dit Jimmy. Nous tiendrons compte de ce que vous avez dit. Nous avons maintenant Ronnie de Reading, au bout du fil. Salut, Ronnie, vous êtes à l'antenne.

— Jimmy ?

— Ouais, Ronnie, vous êtes à l'antenne. Allez-y.

— Jimmy, moi je pense que toute cette affaire est

une escroquerie montée par les médias. A propos, j'adore votre émission.

— Merci.

— Parce que vous comprenez, après tout, ils ne font que se tuer entre eux. Parce que, c'est pas comme si c'était... vous voyez, quoi. Moi je dis que faut plus y penser. Mes gosses, ils en ont parlé l'autre jour, à l'école. C'est pas un truc dont les gosses ils devaient parler. Je pense qu'il faut laisser les choses se tasser, qu'il faut surtout pas faire de vagues.

— Vous pensez, dit Jimmy, que puisque tous les gens concernés sont noirs, ça ne devrait pas intéresser les autres ?

— Ils se tuent entre eux, voilà tout, dit Ronnie.

— Ronnie, vous m'écoutez, Ronnie ? fit Jimmy. Vous allez maintenant aller dans le garage, faire démarrer la voiture et sucer le tuyau d'échappement. (Il appuya sur le bouton. D'autres noms apparurent sur l'écran de télévision.) Marvin de Quincy c'est à vous, vous êtes à l'antenne.

— Je pense que monsieur, euh, Spenser, là, votre invité, il a raison et je trouve qu'il a du courage, voyez ? Parce qu'ils arrêtent pas de faire et de dire ce qui les arrange. Pour eux, tout ce qui compte, c'est d'avoir l'air bien dans les journaux, voyez ? Ils sont presque tous entrés dans la police pour pouvoir malmener les gens...

— Je pense que les Noirs ont qu'à s'occuper eux-mêmes de leurs problèmes...

— ... mon avis, là où vous vous trompez, c'est quand vous recherchez des solutions humaines à un problème dont la cause est ailleurs. Avez-vous jamais pensé à Belzébuth… ?

— Ces meurtres sont le symbole du malaise plus important qui frappe notre pays. Dans un sens, toute femme est pieds et poings liés…

Et ainsi de suite. A dix heures et demie, je reçus un appel d'un gars qui laissait entendre que si j'étais assez dingue pour participer à cette émission, je n'avais guère de chances d'élucider une affaire de meurtres en série.

— Ah, c'est vous, Goldman ? demandai-je.

— Mon identité ne vous regarde pas, répondit-il.

C'était Maynard Goldman. J'en étais sûr.

— Vous trouvez qu'il y a quelque chose d'anormal dans cette émission ? demanda Winston.

Je sentis l'amusement dans la voix de Goldman quand il répondit :

— Si seulement on pouvait y trouver *quelque chose.*

Winston fit signe au technicien de couper et Maynard se tut. Susan m'adressa un sourire encourageant.

Le dernier appel avant le flash d'information de 23 heures provenait d'un homme qui me demanda ce que je ferais au Tueur à la rose rouge, si jamais je l'attrapais.

— Je le ferai venir à cette émission, répondis-je.

Winston annonça le bulletin d'informations, puis alluma une cigarette pendant que je raccrochais mon casque et repoussais mon fauteuil.

— C'est pas la peine de dénigrer l'émission, dit-il. Nous sommes le forum des auditeurs. Ils ont le droit d'avoir leurs opinions.

— Ce ne sont pas des opinions, lui dis-je. C'est de la pathologie. C'est un forum de masturbation publique.

Jimmy haussa les épaules et pencha la tête sur la feuille de pubs.

— Ravi d'avoir discuté avec vous, dit-il.

— Ouaouch, fit Susan, l'envers des feux de la rampe…

Elle me prit la main et nous partîmes.

20

Hawk était venu monter la garde chez Susan pendant que j'allais au bureau voir mon courrier et envoyer leur facture à deux clients. Je marchai dans Berkeley Street, poussé par le vent qui montait du fleuve et faisait voltiger, devant moi, des emballages McDonald. Susan allait bien du moment que Hawk ou moi restions auprès d'elle, mais cela ne pouvait pas durer indéfiniment et je savais combien il lui était odieux d'avoir besoin d'être gardée par quelqu'un.

Arrivé au bureau, je ramassai le courrier accumulé sous la fente spéciale dans la porte et allai m'asseoir pour le décacheter, les pieds sur le plateau de ma table de travail. Il y avait plusieurs messages enregistrés sur mon répondeur et je les écoutai en dépouillant le courrier.

Le premier message disait : « Salut, négrophile, je t'ai entendu hier soir dans l'émission de Jimmy Winston, ouais, je t'ai entendu essayer de faire croire que c'est un homme blanc au lieu de laisser le nègre griller comme il le mérite. Quelqu'un devrait se charger de te fermer la gueule. » Je finis de lire ma facture de téléphone, espérant en vain y découvrir une grossière erreur. Il y avait encore cinq messages sur mon répondeur. De façons variées et diversement élégantes, ils étaient tous d'accord avec le premier, sauf la pub téléphonique informatisée qui me proposait des résidences de vacances et me fit regretter les menaces racistes et celui où une voix d'homme disait doucement : « Tu as peut-être raison pour le Tueur à la rose rouge, qui sait s'il ne se balade pas encore en liberté. » Je ne m'occupai plus de mon courrier et fis repasser ce dernier message. Je sortis la bande du répondeur, en mis une autre et glissai la bande Rose rouge dans la poche de ma veste.

J'ouvris un billet de Rita Fiore, écrit sur du papier bleu lavande qui sentait le lilas. Elle me disait qu'elle voulait juste savoir comment j'allais et que nous devrions peut-être déjeuner ensemble. J'étais en train de considérer la question quand la porte de mon bureau s'ouvrit et cinq types qui n'étaient manifestement pas des représentants de la Ligue des électrices, entrèrent l'un après l'autre et se placèrent en demi-cercle autour de ma table. Le dernier entré ferma la porte.

— Vous faites partie du club des admirateurs de Kerry Drake, leur dis-je, et vous êtes venu m'inviter à votre prochain banquet.

Leur chef était manifestement un haltérophile. Les membres du quatuor de soutien étaient tous assez costauds mais, seul, aucun d'entre eux ne m'aurait effrayé. L'haltérophile portait un bleu jean délavé, des Reebok noirs et un débardeur bleu avec l'inscription Universe Gym sur la poitrine. Etant donné le temps qu'il faisait dehors, il devait être transi, mais autrement, comment aurait-il pu m'impressionner avec ses muscles ? Il dit :

— On veut te parler, négrophile.

— Ah, n'est-ce pas vous dont je viens d'écouter le message ?

— Tu essaies de disculper ce nègre.

— La vérité. Je suis le serviteur de la vérité et je ne pense pas qu'il soit le coupable.

— Ouais, ben pas nous, dit-il.

Je sentis mon sentiment de frustration se muer lentement en colère et la colère monter en moi. Depuis maintenant des semaines, je me bagarrais contre un fantôme et voilà que j'avais devant moi cinq bonshommes en chair et en os, qui cherchaient la bagarre. Je me contins. Cinq, c'est beaucoup.

— Vous pouvez gonfler vos biceps ? demandai-je.

L'haltérophile commença automatiquement à plier l'avant-bras mais se reprit très vite. Je souris pour lui montrer que j'avais vu son début de mouvement.

— Mets-toi devant ce bureau, dit-il.

— Autrement, vous viendrez me chercher, c'est ça ?

Il se tenait au milieu, légèrement en avant des quatre autres. Le gars qui était à sa droite, un rouquin aux épaules carrées, avait le visage constellé de taches de rousseur.

L'haltérophile adressa un petit sourire à ses copains et répondit :

— Ouais, c'est ça.

Je me levai de mon fauteuil, contournai le bureau

et sans m'arrêter, marchai jusqu'à lui et lui balançai un coup de pied dans le bas-ventre. J'envoyai mon poing gauche dans les taches de rousseur du copain et, de la main droite, sortis le revolver que je portais sous l'aisselle. Les trois autres se pétrifièrent.

L'haltérophile tomba à genoux, les mains et les avant-bras contre son bas-ventre. Le rouquin avait reculé d'un ou deux pas et se balançait d'avant en arrière, les mains sur le visage. Du sang coulait entre ses doigts.

— Vous, les trois crétins, reculez et asseyez-vous, le dos contre le mur. Exécution.

Ils obéirent. Ils ne pourraient pas se lever sans commencer par bouger les bras et les jambes.

— Vous aussi, le rouquin, et ne saligotez pas mon tapis avec votre sang.

A son tour, le rouquin fit ce que je lui disais en se tenant le nez.

— Et vous, le mastard ? Vous êtes prêt à continuer ?

L'haltérophile était encore à genoux, mais il levait la tête.

— Comment ça ? demanda-t-il d'une voix tendue.

— Vous ne voulez pas me donner une leçon de relations raciales ?

— Vous aviez pas le revolver, répondit-il.

— Bien sûr. Si je n'avais pas de revolver je pourrais me battre contre vous cinq. Ça me semble équitable.

— Si vous m'aviez pas donné ce coup de pied, marmonna-t-il.

— Je vous aurais donné un coup de poing, comme

au rouquin, et vous auriez plein de sang sur les pectoraux. Vous êtes enfin capable de vous lever ?

— Ouais. (Il se mit péniblement debout et me regarda sans relever complètement la tête.) Ça, on l'oubliera pas.

— Je l'espère bien. Mais si vous voulez, je suis encore prêt à tenir un ou deux rounds.

— En gardant le feu ?

— Evidemment, pour être sûr que je n'aurai pas à me bagarrer contre tous les cinq à la fois. Comme ça, je me battrai contre vous avec une seule main. Ça vous va ?

— Ouais, sauf que quand je commence à gagner, vous vous servez du revolver, hein ?

— Vous ne commencerez pas à gagner, alors votre objection ne tient pas.

— Vous croyez que vous pouvez vous battre contre moi rien qu'avec une main ?

— Bien sûr, répondis-je en lui balançant mon poing gauche sur le nez.

Le coup le fit osciller en arrière et le sang se mit à couler. Exactement comme le rouquin. Il secoua la tête et s'avança.

— Vous, là-bas, contre le mur, si vous bougez, je vous descends, dis-je en m'écartant pour laisser le poing droit de l'haltérophile passer à côté de mon menton.

Je lui envoyai un crochet du gauche qui l'atteignit à la joue, sous l'œil, puis deux autres, très vite, avant qu'il ait le temps de se protéger en levant l'épaule et le bras droit. Quand il leva le bras, je fis un pas pour me placer derrière lui et le frappai au niveau des reins. Il grogna et se tourna vers moi. Je fis passer le revolver de ma main droite à ma main gauche et lui lançai un uppercut droit au menton. Il plia les genoux, recula de deux pas, jambes molles, et s'écroula sur le derrière. Il resta assis un instant, puis il tomba sur le côté et ne bougea plus.

Un des quatre qui faisaient tapisserie, un type très blond, au cou épais, protesta :

— Vous aviez dit avec une seule main.

— Une seule à la fois.

Je repris le revolver de la main gauche. Les articulations de mes mains étaient un peu engourdies et seraient sans doute boursouflées le lendemain. J'avais un agréable voile de transpiration sur le front et les muscles de mes épaules et de mon dos était vivifiés et congestionnés. Je me sentais bien. Fais gaffe, Rose rouge, je suis sur ta piste.

— Mettez-le debout et sortez-le d'ici, dis-je aux copains du mastard.

Le rouquin se tenait encore le nez. Les trois autres relevèrent l'haltérophile et l'aidèrent à se traîner entre eux. Ils semblaient, tous les cinq, essayer de trouver le moyen de s'en aller dignement.

L'un d'eux, le blond, me dit :

— On sait où te trouver.

— Vous le saviez cette fois, et regardez où ça vous a menés, répondis-je.

N'ayant rien à ajouter à ça, ils aidèrent l'haltérophile à franchir la porte et disparurent.

Je remis le revolver dans son étui sous mon aisselle, me rendis dans la salle d'eau, fis couler un moment de l'eau froide sur mes mains, dans le lavabo, me rinçai le visage et le séchai. Puis je retournai dans mon bureau, m'approchai de la fenêtre, regardai Berkeley Street à l'endroit où elle coupe Boylston et respirai plusieurs fois profondément.

... Il avait l'impression qu'il pouvait avoir confiance en elle. Il pouvait lui parler de choses qu'il n'avait jamais dites. De cette fois-là, à l'école. De sa mère. Elle n'en avait jamais parlé. D'ailleurs il ne fallait pas. C'était comme une sorte de serment... on a toujours intérêt à la boucler.

— Ma mère disait que les femmes tireraient de moi tout ce qu'elles pourraient.

Elle hocha la tête en souriant un peu.

— Je suppose qu'elle parlait d'argent. Qu'elles sortiraient avec moi pour mon argent.

— Vous aviez beaucop d'argent ?

— Moi ? Non. Mon père en avait un peu, mais moi je n'en ai jamais eu, parce que, d'ailleurs, j'étais un gosse ; les gosses n'ont pas d'argent.

Aujoud'hui, elle portait un tailleur gris clair avec un col rond et des perles. Ses bas et ses chaussures étaient blancs.

— Alors, c'était peut-être autre chose qu'elles allaient tirer de vous, dit-elle.

— Quoi, par exemple ?

Elle haussa les épaules.

— Ça me faisait toujours de la peine quand elle me disait ça. C'était comme si personne ne voulait sortir avec moi pour moi-même, seulement pour ce qu'elles pouvaient tirer de moi. J'avais l'impression d'être idiot, comme si n'importe quelle fille allait tirer de moi tout ce qu'elle pouvait et je serais trop faible pour l'en empêcher.

— Faible, dit-elle, sans que ce fût ni vraiment une question ni vraiment une remarque.

— Ou trop bête.

Elle hocha la tête.

— Ça avait de quoi rendre les filles effrayantes pour un garçon de votre âge, dit-elle.

— Ben, non, pas effrayantes. Un garçon n'a pas à avoir peur d'une fille.

— Un hmm.

— Il m'arrivait de fantasmer. (Il sentit une bouffée de passion, presque orgastique, quand il approcha la révélation.) Il m'arrivait de penser à les ligoter.

Il était tellement excité qu'il pouvait à peine parler. Il se sentait électrisé par le désir sexuel.

— Un hm.

Ils se turent l'un et l'autre.

Ah, si je pouvais te ligoter, pensait-il. Si j'avais mes trucs avec moi. Je pourrais t'obliger à rester ici et te ligoter.

— Que pensez-vous que ces filles allaient prendre ?

— Moi, s'entendit-il répondre. Elles allaient me prendre, moi.

— A qui allaient-elles vous prendre ? demanda la psy.

— A elle.

Sa voix ne semblait plus faire partie de lui. Elle avait répondu d'elle-même.

21

Susan et moi dînions chez Davio de Newbury Street, dans un box au fond de la salle. Susan s'était mise à aimer le vin rouge au point qu'elle en descendait facilement un verre au repas. Nous avions une salade chacun et une bouteille de Chianti pour deux.

Susan ingurgita près d'un centilitre de Chianti et posa son verre en disant :

— Um.

— Nous avons une liste de sept suspects possibles parmi tes patients.

— Qui pourraient être le Tueur à la rose rouge ?

— Qui pourraient être celui qui a laissé la rose et s'est enfui.

— Comment avez-vous établi la liste ? demanda-t-elle.

— Nous avons surveillé ta maison et suivi les malades qui correspondaient à la description.

— Qui ça, nous ?

— Quirk, Belson et moi. Hawk est resté avec toi.

— Parce que c'est toi qui l'avais vu, dit-elle.

— Oui.

— Vous leur avez causé du tort ?

— Non. Ils ne se sont pas rendu compte qu'ils étaient suivis.

Je lui tendis une feuille de papier blanc sur laquelle les sept noms étaient dactylographiés. Elle la prit sans la regarder en disant :

— Evidemment, je me suis également demandé qui ça pourrait être. Pour te battre à la course, il fallait quand même appartenir à une certaine catégorie d'individu.

Je hochai la tête. Il y avait, sur la table, des morceaux de pain dans un panier. J'en pris un pour m'aider à pousser la salade dans mon assiette.

Susan regarda la liste.

— Oui, dit-elle, ils font partie de ceux auxquels je pensais. Tu as dû en éliminer d'autres parce que leur signalement ne correspondait pas à celui de l'homme que tu as poursuivi... pas la même taille, par exemple.

— Oui.

— C'est quand même vache, dit Susan, que nos vies professionnelles se croisent comme ça juste après que nous eûmes réorganisé nos vies privées.

— Je sais, mais il faut nous en arranger. Nous avons eu affaire à bien pire.

— Oui, dit-elle. (Elle but encore un peu de Chianti.) C'est vrai. Nous nous en arrangerons. C'est simplement que ce problème, avec ses implications professionnelles et privées, touche le cœur même de notre relation.

— Je sais.

— Notre amour l'un pour l'autre peut avoir

l'intensité qu'il a parce que nous pouvons nous séparer l'un de l'autre tout en n'étant qu'un.

— *E Pluribus Unum ?* lui dis-je.

— Je crois que ça, c'est autre chose, répondit-elle.

La salade fit place aux pâtes. Quand le garçon eut disposé les plats, les assiettes et fut reparti, Susan me dit :

— Cette histoire compromet notre part de vie séparée. Je ne suis jamais seule. Si tu n'es pas avec moi, c'es Hawk qui l'est. Et quand je travaille, l'un de vous deux est en haut de l'escalier, armé d'un revolver.

J'avais commandé des *linguini* aux fruits de mer. Très chic.

— Tu sais que cela ne veut surtout pas dire que je suis lasse de toi, poursuivit Susan qui, fourchette en main, se penchait vers moi, au-dessus de ses tortellini.

— Oui, lui dis-je, je sais.

— Ou de Hawk. En dehors de toi, Hawk est la personne dont j'apprécie le plus la compagnie.

— Mais tu as besoin de moments de solitude.

— Absolument.

— Mais nous ne pouvons pas le laisser te tuer.

Elle sourit.

— Non, dit-elle. Nous ne pouvons pas. Et je suis persuadée que nous ne le laisserons pas. S'il faut que je sois gardée, qui mieux que vous pourrait le faire ?

Nous mangeâmes nos pâtes.

— Si un de mes patients est en fait le Tueur à la rose rouge et a laissé la rose dans mon entrée, je pourrai sans doute essayer d'avancer un nom dans cette liste.

— Mais tu ne le feras pas.

— Je ne peux pas. (Elle mangea une bouchée de tortellini.) Pas encore.

— N'oublie pas qu'il n'y a pas que toi. Sa prochaine victime sera peut-être une autre Noire inconnue.

Susan approuva d'un signe de tête.

— Il est évident que j'en tiens tout particulièrement compte. C'est très difficile. (Elle but un peu de vin.) Il n'a pas frappé, pardonne-moi le côté mélo de l'expression, depuis que Washburn a avoué.

— Nous savons tous les deux pourquoi.

— Oui. Il va peut-être arrêter pendant un certain temps, mais... c'est un besoin. Ce pauvre type est poussé par un besoin auquel il ne peut résister. Il exprime de façon atroce ses impulsions refoulées.

— Il va donc recommencer.

— Oui, dit-elle doucement. Et Dieu seul sait ce que lui coûte cet arrêt momentané ou l'état dans lequel il sera quand il recommencera.

— Tu penses que c'est un de tes malades.

Elle regarda le vin dans son verre. La lumière qui brillait au-dessus du box lui donnait la couleur d'un rubis. Puis elle releva les yeux sur moi et hocha lentement la tête.

— Je pense que c'est un de mes patients.

— Lequel ? demandai-je.

Elle secoua la tête.

— Je n'ai pas le droit, dit-elle. Pas encore. Si je me trompe et s'il est accusé, ça le détruira.

— Merde.

Susan tendit les bras et posa les mains sur ma bouche.

— Je t'en prie, dit-elle, s'il te plaît.

J'aspirai tout l'air que je pus par le nez et le laissai échapper doucement, comme je le faisais avec la fumée de cigarette.

Les mains de Susan glissèrent de ma bouche, le long de mes épaules, de mes bras et s'arrêtèrent sur mes avant-bras. Susan était tellement penchée en avant que les tortellini étaient en danger.

— Pour que je sois celle que je suis. Pour que je sois la femme que tu aimes, une partie de ce que tu es, c'est-à-dire comme personne d'autre, pour que je sois Susan, je dois être capable de régler cette affaire comme il le faut. Il faut que j'utilise mon jugement et mes capacités et que je ne laisse pas la peur les altérer.

Je regardai ses petites mains posées sur mes avant-bras. On aurait dit que nous étions seuls dans un vide — les serveurs, les clients, le restaurant, le monde entier n'existaient plus. J'eus l'impression que nous restions assis dans cette position pendant vingt minutes.

— Non, dis-je enfin, ne le dis pas. Tu as parfaitement raison.

Je regardai ses grands yeux qui fixaient les miens. Elle me sourit longuement.

— De plus, poursuivis-je, tu vas tremper tes seins dans les tortellini.

… Il avait entendu son petit ami. Spenser, à la radio, qui disait que le négro n'avait pas fait le coup. Est-ce qu'ils savaient que c'était lui ? Est-ce que ce salaud l'avait vu le soir où il avait laissé la rose ? Tous les autres pensaient que c'était le négro. Pourquoi les autres et pas Spenser ? Et elle ? Est-ce qu'elle savait que c'était lui ? Est-ce qu'elle savait qu'il avait ligoté toutes les autres nanas, qu'il leur avait mis un bâillon et qu'il les avait regardées se débattre et essayer de hurler à travers le bâillon ? Il regarda les poissons qui nageaient tranquillement dans l'aquarium traversé par les rayons du soleil matinal. Dans un instant, elle allait sortir du bureau et lui dire d'entrer et alors c'est lui qui serait dans l'aquarium. Peut-être qu'elle aimerait bien être ligotée. Il y avait des femmes qui aimaient ça. Elles aimaient être ligotées et nues et supplier qu'on le leur fasse. Rien que d'y penser, il se sentit à nouveau excité. Mais s'il faisait quelque chose, il ne pourrait plus venir lui parler. Et elle risquait de le dire au petit ami. Le grand salaud. Dans les journaux, on disait qu'il avait été boxeur. Qu'il

aille se faire foutre. Elle l'avait peut-être dit au petit ami. Elle le soupçonnait peut-être à cause de ce qu'il avait dit dans son bureau. Ils savaient. Les psys savaient des trucs même quand vous ne vouliez pas qu'ils les sachent. Elle l'observait tout le temps. Elle l'observait quand il bougeait le bras ou agitait le pied ou remuait dans son fauteuil. Elle observait tout. Elle concentrait son attention sur lui... les poissons décrivaient lentement des cercles dans l'eau ensoleillée... elle tenait à lui. Elle n'avait rien dit au petit ami. Elle ne ferait pas une chose pareille. Le petit ami avait trouvé ça tout seul. Le salaud. Elle n'avait rien dit. La porte du bureau s'ouvrit. Elle était là, vêtue d'une robe bleu marine à fleurs rouges.

— Entrez, dit-elle.

Quand il se leva, cela fit peur aux poissons qui filèrent comme des flèches, dans l'aquarium.

— Mon père allait voir des putains, dit-il. Et après, ça lui faisait honte et le lendemain il lui apportait des roses.

La psy eut l'air intéressé. Il avait bien pensé que ça l'intéresserait.

— Et elle disait : « Tu es allé chez les filles, George ? » Et lui, il regardait par terre et répondait : « Une rose pour toi, Rosie », et il s'en allait.

— Il ne voulait pas se disputer avec elle, dit la psy.

— Non, il ne se disputait jamais avec elle. Il se soûlait et il allait voir les putains.

Elle le regarda calmement. Il y avait toujours ce calme, chez elle, cette sérénité accueillante et calme. Pas de jugement.

— Qu'en pensiez-vous ? demanda-t-elle.

Il se sentit hausser les épaules, se sentit être décontracté.

— Oh, mais c'est qu'il m'y a emmené, une fois. (A nouveau cette sensation, dans son estomac, cette sensation de vide. Elle haussait légèrement les sourcils.) Une putain noire, dit-il. J'avais environ quatorze ans. (Le vide s'étendait et, derrière, la sensation, la chaleur et les picotements qui suivaient toujours. Il s'entendait lui raconter. Il sentait sa propre audace et cela augmentait les picotements.) La vache, qu'est-ce qu'elle sentait mauvais.

La psy attendait. Son calme était une invitation à poursuivre.

— Ça m'a refroidi, dit-il en sentant qu'il avait encore une attitude décontractée.

Ils restèrent tous deux silencieux. La psy parfaitement immobile dans son fauteuil, lui-même assis de la façon la plus décontractée possible, un bras appuyé sur le dossier de son fauteuil. Il sentit ses yeux se mettre à larmoyer. Toujours décontracté, il la regarda, vision un peu brouillée maintenant, pendant qu'il attendait.

— Je n'ai pas pu, reprit-il soudain d'une voix tremblante et rauque. Je n'ai rien pu faire. Elle était grosse et, et... (Il sentit que ses épaules tremblaient un peu)... poilue et... elle était méchante.

— Avec vous ? demanda la psy.

— Oui. (Alors il le lui disait.) Oui. Elle se moquait de moi, elle disait qu'il était drôlement petit et drôlement faible et elle a essayé de me faire faire ça, vous savez, de me rendre dur et j'ai pas pu et ça l'a rendue furieuse et elle a dit que je l'insultais et que si je

le faisais pas, elle le couperait et que j'étais sectaire parce qu'elle était noire.

— Terrifiant, dit la psy.

— Et mon père était ailleurs en train de baiser une autre pute et je ne pouvais pas m'en aller.

Il eut du mal à reprendre son souffle. La phrase avait été trop longue.

— Alors ? demanda la psy.

— Alors, elle a fini par me virer de la chambre, sans pantalon et elle a fermé la porte à clé. J'ai dû attendre là que mon père arrive et me ramène à la maison avec sa veste enroulée autour de moi. Et là-bas, il y a d'autres femmes qui m'ont vu.

— Vous en avez parlé avec votre père ?

— Il était furieux contre moi parce que j'avais perdu mon pantalon. Il disait que ma mère serait furieuse contre nous.

22

A onze heures du matin, Belson vint chez Susan m'apporter un gros classeur contenant tout ce que Quirk et lui avaient appris à propos des sept suspects.

— Quirk dit que vous devriez lire ça, y réfléchir et qu'après on devrait parler, vous, moi, Quirk et Susan, si elle veut bien.

— D'accord, je vais faire ça aujourd'hui. Et vous, qu'est-ce que vous allez faire ?

— Rentrer chez moi, me présenter à ma femme et à mes enfants et puis dormir un peu.

— Avant de faire ça, lui dis-je, voyez si vous pouvez comparer cette voix à celle que je vous ai déjà donnée.

— Rose rouge vous a appelé ?

— Lui entre autres. Vous verrez celui qui m'intéresse. C'est celui qui dit qu'il se balade peut-être encore en liberté.

— Je vais voir si, bien que je sois en vacances, je peux faire faire un spectre vocal, à titre officieux, dit Belson. Je vous tiendrai au courant.

Quand il fut parti, je me mis à lire le dossier. La plupart des suspects étaient surtout remarquables par leur manque d'intérêt. Aucun d'entre eux n'avait de casier judiciaire. Iselin, le professeur d'Etudes orientales, avait eu des ennuis quand il enseignait dans une école privée pour garçons. Un élève s'était plaint qu'Iselin lui avait fait des avances, mais l'affaire n'avait apparemment pas eu de suites. Deux ans plus tard, Iselin avait passé son doctorat à Harvard où il était resté comme enseignant. Larson, le flic, avait demandé un congé de maladie pour surmenage ; on lui avait conseillé de consulter un analyste. Ils étaient tous mariés, sauf Felton et Iselin. Iselin ne s'était jamais marié et Felton était divorcé. Ils avaient déjà éliminé Larson parce qu'il était de service avec des collègues au moment ou au moins trois des meurtres avaient été commis. Ils avaient également éliminé Gagné, le Français. Il était en France, dans sa famille, pendant les vacances de Pâques à Harvard, à l'époque du second meurtre. Sur les cinq qui restaient, Felton, le gardien, ressortait nettement. Il y avait deux profs de fac, un interne des hôpitaux, le propriétaire d'une charcuterie fine et un gardien. Nous aurions probablement pu en éliminer deux autres en leur parlant ou en interrogeant leurs collègues de travail. Nous aurions ainsi pu savoir si, par exemple, Charles, l'interne, était de service au moment où l'un ou l'autre des meurtres avait été commis. Mais si on faisait ça, ils sauraient qu'ils étaient filés. Celui qui m'intéressait le plus était Felton. Je sortis son dossier et l'étudiai. Il n'était pas très épais car on ne peut pas faire grand-chose en peu de temps, sans éveiller des soupçons. Il avait quarante-trois ans, il était divorcé et avait perdu son père. Il habitait Charlestown mais avait passé sa jeunesse à Swampscott. Il y avait une photocopie d'une page de l'annuaire de son école. Il y avait sa photo parmi d'autres et la liste de ses options et activités au lycée.

— Nom d'un chien ! m'écriai-je.

Sous sa photo, quelqu'un avait écrit « Athlétisme ». Cela ne prouvait rien. Cela remontait à vingt-cinq ans. Mais quand même. Je posai le dossier, décrochai le téléphone et parlai au directeur adjoint du lycée de Swampscott.

— Un gamin qui s'appelait Gordon Felton, lui dis-je. Il faisait partie de votre équipe d'athlétisme, en... ce doit être 1961 et 62. Il était coureur ?

— Pourquoi voulez-vous savoir ça ? me demanda le directeur adjoint.

— Je m'appelle Arthur Daley, répondis-je. Du *New England Sports Weekly*. Nous faisons une rétrospective. Les sports au lycée il y a vingt-cinq ans.

— Ah, mais c'est une excellente idée. Quittez pas un instant, je vais voir dans les archives. Nous avons des photos et des trucs qui remontent à la guerre.

Pendant son absence qui dura environ cinq minutes, j'écoutai le son du silence sur la ligne. Ça, c'était une riche idée. Ça pouvait remplacer toutes les musiques de fond enregistrées.

Le directeur adjoint revint :

— Monsieur Daley... Ouais, Gordie Felton faisait des courses de haies. Troisième au championnat de l'Etat au 440 yards avec des haies de 0,915 mètres.

— Merci, beaucoup. Vous ne savez pas où il est, maintenant ?

— Non. Y a que trois ans que je suis ici. Ça, je l'ai trouvé dans les archives.

— Bon. Tant pis. Merci encore.

Nous raccrochâmes. Ce n'était pas encore une preuve. Ce n'était pas parce qu'il était capable de le faire à l'époque qu'il pouvait le réaliser maintenant. N'empêche que bien des hommes ne courent pas plus vite que moi et que le type qui avait laissé la rose m'avait battu à la course.

Je relus tous les autres dossiers, sauf ceux de Larson et Gagné, je les relus encore, puis je les posai, me levai et me baladai dans l'appartement de Susan, regardant par la fenêtre, d'un côté, ouvrant le réfrigérateur, jetant un coup d'œil par la fenêtre, de l'autre côté. Dans le réfrigérateur, je vis un chou-fleur, des brocolis, deux Coca diététiques et un paquet de spaghetti chinois. *Bon appétit*[1].

Hawk se pointa à treize heures avec de longs sandwiches au thon et à tout sauf des oignons, ainsi qu'un gros paquet de chips Cape Cod.

— J'aimerais bien qu'on l'attrape, ce salaud, je deviens dingue à force de rester là assis, tous les jours.

Il portait une veste en tweed marron et une chemise Oxford bleue, sans cravate, avec les trois boutons du haut défaits. Son jean était amidonné et repassé et ses bottes de cow-boy étaient de couleur acajou.

1. En français dans le texte.

— Qu'est-ce que tu es, aujourd'hui ? lui demandai-je. Un cow-boy de Harvard ?

— Eclectique, répondit-il.

Il retira l'emballage des sandwiches. Nous mangeâmes sur le comptoir de Susan, en nous penchant au-dessus du papier d'emballage pour ne pas salir le comptoir.

— Un des types de la liste faisait des courses de haies, au lycée. Il a été troisième au championnat de l'Etat, quand il était en terminale.

— Puisque c'est pas un Noir, ça doit remonter assez loin, dit Hawk.

— Soixante-deux.

Hawk hocha la tête.

— Ça ne veut pas dire grand-chose, fit-il.

— Il est employé comme gardien par une entreprise de sécurité.

— Peut-être qu'il aimerait bien être flic ? dit Hawk.

— Peut-être même qu'il prétend en être un.

— Comment va-t-elle ?

Quand Hawk parlait « d'elle », il parlait toujours de Susan.

— Elle pense avoir une idée de qui ça pourrait être, répondis-je, mais elle n'est pas absolument sûre.

— Alors, elle reste là, assise, elle l'écoute, elle hoche la tête, elle le laisse parler et elle n'est absolument pas sûre qu'il ne va pas lui coller un revolver dans le corps et presser la détente, dit Hawk.

— C'est pour ça qu'un de nous deux est toujours là à faire du baby-sitting, vingt-quatre heures sur vingt-quatre, répondis-je. Elle aussi, elle se sent devenir dingue.

Hawk hocha la tête et demanda :

— Il est temps de contrôler les preuves, hein ?

— Ouais. Le sauteur de haies et son ex-épouse. Je crois que je vais aller voir cette dame.

— Emporte ma photo, dit Hawk. Tu n'as qu'à lui promettre qu'elle pourra me rencontrer si elle veut bien coopérer.

— Et si elle ne veut pas, elle te rencontrera deux fois.

23

Mimi Felton vivait en copropriété dans un des immeubles construits autour du lac artificiel de Concord. Ce matin-là, elle m'avait dit, au téléphone, qu'elle travaillait chez Bloomingdale, au rayon des produits de maquillage et qu'elle ne prenait son travail qu'à seize heures. J'arrivai chez elle à 14 h 10, frappai à la porte et elle vint m'ouvrir vêtue d'un corsage bain de soleil en coton blanc et d'un jean dont elle avait dû remonter la fermeture Eclair en position couchée. Elle était pieds nus. Elle avait beaucoup de cheveux blonds, coiffés de façon à me faire voir qu'elle avait beaucoup de cheveux blonds. Huit de ses doigts portaient des bagues et ses boucles d'oreilles ressemblaient à des décorations d'arbre de Noël.

— Salut, dit-elle. Entrez, monsieur Spenser.

Elle avait des faux cils et différents produits de maquillage de bonne qualité, savamment appliqués. Ses ongles, des doigts et des orteils, étaient violet foncé. La peau nue de son estomac bien plat était ferme et bronzée.

— Alors, c'est vous, le détective ?
— Oui. J'ai besoin que vous me disiez tout ce que vous savez à propos de Gordon Felton.
— Je peux voir votre insigne, ou votre licence ou un autre truc qu'on vous donne ?
Elle imitait si bien la voix d'une petite fille qu'elle était à deux doigts de zozoter. Je lui montrai ma licence.
— Pourquoi voulez-vous des renseignements sur Gordie ? demanda-t-elle.
— Question de routine, répondis-je. Comme il est employé par une entreprise de sécurité, la société de garantie effectue de temps en temps un contrôle des employés qu'elle garantit.
— C'est comme pour l'assurance, dit-elle de sa petite voix minaudière qui aurait bien accompagné une révérence.
— Ouais.
— En tout cas, vous, monsieur Spenser, vous semblez de pas en manquer.
— C'est ça. Pour quelle raison avez-vous divorcé, madame Felton ?
— Venez vous asseoir, dit-elle.
Nous entrâmes dans son petit salon. Il y avait des gravures avant-garde sur les murs et les couleurs de la pièce étaient soit lavande, soit gris. Par la petite baie vitrée, en apercevait le lac artificiel. Elle s'assit dans un fauteuil fait de tapisserie bleu lavande dans un cadre triangulaire en fer noir. Il y en avait deux autres autour d'une lourde table basse qui devait venir de la maison de Swampscott.
— Je préfère rester debout, lui dis-je. A propos de votre divorce... ?

— Gordie, répondit-elle. Gordie, Gordie, Gordie...

— C'est ça ?

— Quoi ?

— Pourquoi avez-vous divorcé ?

Elle secoua la tête et répondit :

— Il était tellement gosse. Il voulait jouer les machos mais c'était une poule mouillée.

— Comment ça ?

— Eh bien, il ne voulait jamais aller nulle part tout seul, sans moi.

— Et son côté macho ?

— Il portait un revolver. Il aurait voulu être flic, mais je ne crois même pas qu'il ait vraiment essayé d'entrer dans la police. Il n'arrêtait pas d'en parler. Il était une sorte de groupie de la police, si vous voyez ce que je veux dire. Il avait un scanner et il traînait tout le temps du côté des flics, à Swampscott, quand nous nous sommes mariés. Quand il entendait parler d'un crime, quelque chose qu'il entendait sur son scanner, il prenait sa voiture et se rendait sur les lieux ; il était vraiment bizarre.

— De la famille ? demandai-je.

— Nous n'avons jamais eu d'enfant, répondit Mimi.

— Et sa famille, à lui ?

— Comment ça se fait que vous n'écriviez pas tout ça ? me demanda-t-elle.

Je me frappai la tempe.

— Une fois que c'est enregistré dans l'ordinateur, ça n'en sort plus.

Elle hocha la tête, puis elle dit :

— Son père est mort. Sa mère est encore en vie. Elle habite à Swampscott.

Mimi secoua la tête. Je lui demandai pourquoi.

— Oh, la, la, qu'est-ce qu'il la déteste, répondit-elle.

— Sa mère ?

— Oui. (De nouveau, elle secoua la tête et sourit sombrement.) Blackie est un phénomène.

— Blackie ?

— La mère de Gordie.

— Pourquoi « Blackie » ?

— Son nom de jeune fille est Rose Mary Black, répondit Mimi. Tout le monde l'a toujours appelée Blackie.

— Nom d'un chien.

24

— C'est Felton, dis-je.

Susan, Hawk et moi étions assis, le samedi matin, au comptoir de la cuisine de Susan, en train de boire du café en mangeant les *bagels* à la farine complète que Hawk avait apportés.

Sur le comptoir, il y avait une enveloppe 21 × 27 en papier brun que Hawk était passé chercher chez Belson, en venant. Elle renfermait une comparaison des spectres vocaux des voix enregistrées et un enregistrement des deux messages l'un à côté de l'autre.

Susan sortit un pot de confiture de cerises du réfrigérateur placé sous le comptoir et le posa à côté du fromage blanc. Puis elle étala une couche diaphane de fromage blanc sur son petit morceau de *bagel,* y ajouta une minuscule parcelle de confiture et enfin en mangea une petite bouchée.

— C'est lui, Susan, dit Hawk.

— Oui, dit Susan quand elle eut avalé quelques miettes de *bagel.* C'est lui, probablement.

Je fis fondre une cuillerée de sucre dans ma deuxième tasse de café.

— Ça explique le symbolisme, dis-je. La rose rouge, les femmes noires. Rose Mary Black, alias Blackie.

Susan coupa soigneusement en deux un morceau de *bagel* et plaça les deux tranches dans son grille pain allemand d'importation, qui était assez large pour contenir deux tranches de *bagel*. Elle abaissa le levier.

— Je savais que sa mère se prénommait Rose, dit-elle. Mais il n'a jamais fait allusion à son nom de jeune fille.

— Tu ne trouves pas ça curieux ? demandai-je.

— Pas particulièrement. Un grand nombre de mes patients parlent de « ma femme » ou « ma mère » ou « mon père » — surtout de leurs parents dont l'idée qu'ils se font est en fait indépendante de leur nom.

Clac ! le levier du grille-pain remonta brusquement, faisant jaillir à la surface les tranches de *bagel* que Susan retira et posa dans l'assiette de Hawk.

— Et il avait des problèmes avec elle, n'est-ce pas ? demandai-je.

Susan regarda Hawk mettre du fromage blanc sur son *bagel*. Comme tous les gestes de Hawk, c'était fait sans émotion inutile, sans erreur et la quantité de fromage blanc étalé était juste ce qu'il fallait. Quand Hawk mangeait des spaghetti, il n'avait jamais une tache de sauce tomate sur sa cravate.

— Si un homme était aux prises avec une sorte de rage non aboutie contre sa mère, dit Susan et si le nom de sa mère était Rose Mary Black et s'il y avait d'autres facteurs que je connais, il pourrait en fait exprimer cette rage de façon détournée sur des gens capables de symboliser Rose Mary Black.

— Des femmes noires, par exemple, dit Hawk, et en laissant une rose.

— Oui, dit Susan, et si l'objet de sa rage était infiniment puissant, la rage serait dominée par la peur. Et si la rage et la peur avaient une origine et une expression sexuelles, il faudrait peut-être que son expression se fasse au moyen d'une sorte de substitution.

— Tu veux dire qu'il lui faudrait peut-être les ligoter et les violer avec un revolver, lui dis-je.

— C'est ça.

Elle buvait son café en me regardant par-dessus le bord de la grande tasse qu'elle tenait à deux mains.

— Est-ce que Felton correspond à ce genre de portrait ? demandai-je.

Susan continuait de me regarder par-dessus le bord de sa tasse. Elle buvait, à petites gorgées, du café décaféiné. Il y avait, sur la table basse du salon, une pendule copie d'ancien, qui fonctionnait avec des piles et dont le tic-tac bruyant avait la sonorité d'un métronome. Hawk versa du café dans sa tasse et en ajouta au contenu de la mienne.

Je regardai Susan. Elle soutint un instant mon regard, puis elle ferma les yeux.

— Oui, répondit-elle, il y correspond plus que tu ne le crois.

— Nous avons un enregistrement de deux voix dont Belson a fait faire des spectres vocaux. La première est celle d'un type qui prétend être Rose rouge et qui me lance un défi. La seconde était sur mon répondeur juste après le fiasco Jimmy Winston. D'après les spectres vocaux, c'est une seule et même voix.

Susan hocha la tête en disant :

— Je vais l'écouter.

Je m'approchai de sa chaine stéréo et mis la cassette dans le magnétophone. Le menton dans la main, Susan écouta. Je fis passer trois fois les deux messages.

Quand ce fut terminé, Susan resta assise, le menton dans la main, le regard braqué sur le magnétophone. Hawk et moi attendions. Susan prit son souffle et souffla une bouffée rapide.

— On dirait que c'est lui, déclara-t-elle enfin. Ce n'est pas une certitude, ça pourrait être quelqu'un d'autre mais ça pourrait être lui.

Je sortis la cassette du magnétophone. Très détendu, Hawk avait fait légèrement basculer son tabouret en arrière et s'équilibrait en posant les coudes sur le comptoir. J'étais à peu près sûr qu'il n'avait pas besoin du comptoir pour se maintenir en équilibre.

Susan sortit son menton de sa main.

— Moi aussi, je sais que c'est lui, dit-elle, mais je n'ai rien à proposer de catégorique comme un témoignage au tribunal. Le fait que ces crimes pourraient avoir été commis par un homme atteint de ses névroses ne signifie pas que c'est lui qui les a commis. J'ai eu plusieurs patients qui présentaient les mêmes névroses et qui étaient capables de les dominer.

— Qu'est-ce qui fait la différence ? demanda Hawk.

— Je l'ignore, répondit Susan. Le caractère, l'influence des autres personnes dans leur vie, l'importance des manipulations œdipiennes de la part de la mère, l'intelligence du patient, son désir d'avoir une thérapie réussie, la chance pure. (Susan sourit.) Tout ça ensemble.

— Et l'intervention divine ? demanda Hawk.

— Ça, ce serait chouette, répondit Susan.

Hawk lui sourit avec une chaleur qu'il n'avait pour personne d'autre.

— C'est lui, dis-je.

— Oui, affirma Hawk.

— Oui, fit Susan.

— Et nous ne pouvons pas le prouver, constatai-je.

— Les spectres vocaux ? fit Susan.

— C'est simplement la preuve que les deux messages sont du même gars. Ça ne prouve pas que le gars est Rose rouge. Ça ne prouve pas que le gars qui a avoué n'est *pas* Rose rouge. Même si on pouvait identifier la voix sans équivoque, ça ne prouverait pas que c'est celle de Rose rouge.

— Sans équivoque, dit Hawk.

— Continue de me fréquenter, lui dis-je. Ouvre bien tes oreilles et tu finiras par te cultiver.

— Mon livre de rendez-vous apportera la preuve que Felton était ici le jour où tu l'as poursuivi, dit Susan.

— Ainsi que... combien, sept autres personnes ? demandai-je.

Elle eut un signe de tête affirmatif.

— Et pourquoi pas les meurtres ? demanda Hawk.

— Les meurtres ? fit Susan.
— On pourrait comparer les dates de ses thérapies avec celles des meurtres, dis-je.
— Pourquoi ?
— On verrait ce que ça donne, dit Hawk. On sait que le poisson est là quelque part, on lance la ligne un peu partout pour essayer de voir où ça.
— Je vais chercher mon livre de rendez-vous, dit Susan.
Elle nous quitta et descendit au bureau.
— On ne peut pas prouver que c'est ce type, me déclara Hawk mais on sait que c'est lui. Tôt ou tard, il va falloir qu'on fasse quelque chose.
— Je sais.
Susan revint avec son livre de rendez-vous.
— Quelles sont les dates des meurtres ? demanda-t-elle.
Je les savais par cœur et les lui dis.
Elle les nota de son écriture aussi belle qu'illisible. Susan écrivait si mal qu'il lui arrivait de ne pas pouvoir se relire.
Pendant qu'elle feuilletait son livre de rendez-vous, Hawk et moi débarrassâmes le comptoir et rinçâmes les tasses avant de les placer dans le lave-vaisselle. Je refermai le pot de confiture de cerises ainsi que celui de fromage blanc et je les mis dans le réfrigérateur. Hawk se lava les mains et la figure dans l'évier et les essuya avec une feuille de papier-torchon.
— La vache, dit Susan.
Je me retournai et la regardai ; Hawk en fit autant.
— Normalement, Felton vient deux fois par semaine, dit Susan. Les jours varient, mais le

nombre de fois par semaine est toujours le même. A l'exception du premier, tous les meurtres ont eu lieu le lendemain d'un rendez-vous.

— Quand a-t-il commencé la thérapie ? demandai-je.

— Quinze jours après le premier.

Pendant un instant, on n'entendit plus que le léger ronronnement du lave-vaisselle.

— Il a dû se passer quelque chose pendant les séances, qui a déclenché ça en lui, dit Susan.

Je sentais sous mes pieds de légères vibrations pendant que le lave-vaisselle faisait son travail.

— Pas forcément, dit Hawk.

— Je sais, dit Susan. (Elle était maintenant, totalement, le Dr. Silverman réfléchissant au comportement humain.) Mais la coïncidence est quand même surprenante.

— Qu'est-ce qui aurait pu le déclencher ? demandai-je.

Susan secoua la tête. Elle alla se tenir près de la fenêtre et regarda le paysage du samedi matin dans Linnaean Street. Hawk et moi nous taisions. Il était maintenant assis normalement sur son tabouret et moi, j'étais debout, les reins contre l'évier. Susan finit par se retourner et nous regarder.

— Moi, je pense.

— Comment ça ? demandai-je.

— Je n'étais pas le ou la thérapeute qu'il lui fallait, répondit-elle. Une femme d'un certain âge, attirante, en position d'autorité ; le transfert sur moi des sentiments qu'il éprouvait pour sa mère était trop facile.

— C'est une des choses qui doivent normalement se passer ? demanda Hawk.

— Oui et, normalement, je devrais l'amener à pouvoir maîtriser ces sentiments, parce que je ne suis pas sa mère et que son état infantile ne reposera plus sur rien.

— Mais dans ce cas précis ? demandai-je.

— Dans ce cas précis, sa passion pour sa mère a été transférée sur moi et son inaccessibilité existait aussi en moi et... ma parole, c'est un séminaire à l'école des psys... bon, pour simplifier, disons que son besoin de punition et de destruction par le sexe détourné et symbolique, a simplement été intensifié par le transfert et par la fâcheuse coïncidence de tes rapports tant avec l'affaire qu'avec moi.

— Moi, Laïus et toi, Jocaste ? demandai-je.

Susan eut un hochement de tête affirmatif.

— Moi, pauv' nègre ignorant, dit Hawk. Est-ce que vous, les intellectuels, vous ne seriez pas en train de parler d'Œdipe ?

— Je t'avais bien dit que tu apprendrais des choses.

— Ah, ouais, patron, merci.

Complètement absorbée par son sujet, Susan ne nous prêtait aucune attention.

— J'aurais dû lui donner un objet auquel se référer, dit-elle. J'ai senti la tension érotique dès notre première entrevue.

— Mais tu as cru pouvoir prendre la situation en main.

— Et l'aider à se dominer.

— Avec un peu de temps, tu aurais sans doute fini par le faire, lui dis-je.

— Et quatre femmes sont mortes, dit-elle. Nous n'avons plus le temps.

Son petit ami était allé voir Mimi. Il avait prétendu qu'il faisait une sorte de contrôle pour une société de garantie, mais c'était bien lui. Un grand type au nez cassé, qui avait l'air d'un dur, c'était tout le portrait du petit ami. Elle avait parlé de lui au petit ami. Elle savait sûrement. Il se sentait sur le point d'exploser. Elle sait. Il avait la même sensation que quand il faisait ça aux filles de couleur. Presser la détente et sentir l'explosion... la garce. Elle avait rapporté. Rapporté, la salope. On ne pouvait faire confiance à personne. Sa mère, sa femme — ex-femme. Elle. Elles vous couillonnaient toutes, d'une façon ou d'une autre... Il pensa aux femmes noires, ligotées. Son imagination l'aidait toujours quand il était contrarié. Il se vit en train de mettre les affaires dans le sac de gym : le chatterton, la corde, le revolver. Il pensa à la psy avec ses cheveux noirs et ses yeux brun foncé. Je devrais peut-être le leur faire à toutes, songea-t-il, toutes ensemble, toutes dans la même pièce. Il pensa à sa femme — ex-femme — étendue par terre, impuissante. Il pensa à Elle. Il se tenait au-

dessus d'elles. Il s'approcha de la cachette qu'il avait aménagée, retira un morceau de plinthe et sortit le revolver. Un Smith et Wesson, calibre 38, nickelé, avec des plaquettes en noyer, un canon de dix centimètres, qui n'était pas déclaré. Celui qui l'était se trouvait dans la penderie de sa chambre, dans son étui, accroché à côté de son uniforme. Celui-ci, il l'avait pris dans la maison de sa mère, après l'enterrement de son père. Elle ne savait même pas qu'il l'avait pris. Il mit le revolver de son père dans le sac de gym. De la cachette, il sortit le rouleau de corde à linge, celui de chatterton et les mit dans le sac. Il ne savait pas encore ce qu'il allait faire mais il se préparait. Il se sentait fort et plein quand son sac à malice était prêt. Peut-être le petit ami. Parce que si le petit ami n'était pas là, il pourrait peut-être prendre tout son temps avec Elle. Le sentiment de plénitude disparut. Il sentit un creux dans son estomac. Il sortit le revolver du sac et le soupesa. Il se tourna vers le miroir placé sur le mur du fond et s'accroupit en se regardant par-dessus le viseur de l'arme. La crosse était lisse et solide. Le viseur ne tremblait pas. Son estomac se sentait mieux. Mais quand même pas bien. Il pensa un moment aux femmes et le sentiment de plénitude revint. Il se plaça sur le côté et se regarda viser d'une main, de profil, puis à nouveau de face. Il y avait longtemps qu'il ne l'avait pas fait. Et puis merde, au diable la prudence. Il avait besoin de ça. Il se regarda de face viser le miroir et songea au Dr. Silverman.

25

Susan et moi nous disputâmes comme nous ne l'avions peut-être jamais fait. Cela commença quand elle me dit :

— Il est évident que je ne peux pas continuer à être sa psychothérapeute.

— Non, évidemment pas.

— Il a rendez-vous lundi et il faudra que je lui dise qu'étant donné les circonstances, nous ne pouvons pas continuer.

— Bien sûr. A quelle heure est son rendez-vous ? demandai-je.

Le livre de Susan était ouvert sur le comptoir.

— Onze heures, répondit-elle.

— Je serai dans le bureau, lui dis-je, et Hawk dans la salle d'attente.

— Non, dit-elle.

— Si.

— Non. Je ne peux pas accepter qu'un patient qui vient pour ce qu'il croit être une séance de thérapie soit confronté avec deux hommes armés.

— Il a tué quatre femmes, lui rétorquai-je. Je ne

peux pas te laisser lui dire que tu sais que c'est lui, sans être là pour te protéger.

— Je regrette, mais il faudra que tu t'y résignes, répondit Susan. Hawk et toi pouvez être en haut tous les deux, comme vous l'avez déjà été, mais je ne veux pas de toi dans le bureau. Il a droit à ce refuge.

— Et moi j'ai le droit de te garder en vie.

Susan abattit sa main à plat sur le comptoir.

— Merde, je t'interdis de me traiter comme si tu étais Dieu le Père.

Nous nous regardâmes sans rien dire. Confortablement installé, Hawk nous observait sans expression. A en juger par sa réaction, nous aurions pu être en train de discuter mon intention de me faire couper les cheveux.

— Je ne te laisserai pas rester seule avec lui. Nous avons travaillé trop dur. Etre ce que nous sommes nous a coûté trop cher pour que nous le mettions en péril au nom de la déontologie, ou de la compassion humaine ou de l'accomplissement de soi, ou de tout ça ensemble, en y ajoutant la paix dans le monde, par-dessus le marché.

— Tu ne me *laisseras* pas ?

— Je ne te laisserai pas.

— Et pourquoi aurais-tu le droit de me laisser faire ou ne pas faire ce que j'entends ? demanda-t-elle.

— Parce que je suis ton cher et tendre.

Le regard inintéressé de Hawk allait de l'un à l'autre, comme celui d'un homme qui regarde un match de tennis sans importance.

Susan lui demanda :

— Vous avez quelque chose à dire ?

— Moi non plus, je ne vous laisserai pas rester seule avec lui, répondit-il.

Du bout des doigts de ses deux mains, Susan pianota sur le bord du comptoir. En faisant ça, elle baissait les yeux sur ses mains qu'elle regardait aller et venir sur le comptoir.

— Les droits de Felton s'arrêtent quand les nôtres sont en péril, lui dis-je.

— Et les miens ? demanda Susan.

Je secouai la tête.

— Dans ce cas précis, je n'ai pas l'intention d'entrer dans des considérations métaphysiques. Je suis plus grand que toi, je peux insister et je le fais.

Elle continua d'observer ses doigts qui pianotaient. J'attendis. Je vis que son rythme respiratoire commençait à ralentir. Hawk prit une prune dans la coupe de fruits. Il mangea la prune, se leva, alla jeter le noyau dans la boîte à ordures et revint s'asseoir. La respiration de Susan était devenue calme. Susan leva les yeux et dit :

— Tu es mon cher et tendre. Tu pourras être avec moi quand je parlerai à Felton.

— Merci, lui dis-je.

— De rien.

Hawk avait le sourire bienveillant d'un grand-père fier de sa progéniture.

— Je savais bien que vous finiriez par vous entendre, tous les deux.

— Allez vous faire foutre, dit Susan.

— Judicieux conseil, répondit Hawk.

26

Le lundi, à onze heures moins neuf, une jeune femme aux cheveux blonds, pratiquement coupés en brosse, sortit du bureau de Susan, prit son ciré jaune sur le portemanteau et quitta la salle d'attente sans me regarder. Une fois la porte refermée derrière elle, je me levai et entrai dans le bureau de Susan. Hawk poireautait en haut de l'escalier. Dès que Felton arriverait dans la salle d'attente, Susan le prierait d'entrer dans son bureau et dès qu'il serait dans le bureau, Hawk descendrait et irait s'asseoir dans la salle d'attente.

— Il est toujours là à onze heures moins une, avait dit Susan, et aucun patient n'attend jamais. S'il voyait Hawk dans la salle d'attente, ça lui ferait peur.

— Ça fait quelque chose ? avais-je demandé. Hawk ne le laissera pas repartir.

— Tu m'as obligée à subir votre protection, avait dit Susan. Ça suffit comme ça.

C'est pourquoi j'étais aplati contre le mur, derrière la porte, quand Felton entra et pourquoi Hawk attendit qu'il soit entré pour descendre s'asseoir dans la salle d'attente. Susan était vêtue d'un tailleur bleu marine à veste large et d'un pull-over blanc. Quand la porte de la salle d'attente s'ouvrit, elle se leva, s'approcha sans hésiter de la porte du bureau et dit à Felton d'entrer. Puis elle pénétra dans la pièce et se tint près du battant. Quand Felton fut entré, elle referma les doubles portes capitonnées derrière lui et retourna s'asseoir à son bureau. Felton s'était immobilisé. Il me regardait. Je le regardais aussi. C'était la première fois que nous nous voyions à la lumière du jour.

— Asseyez-vous, je vous prie, monsieur Felton. Dans un instant, je vous expliquerai pourquoi M. Spenser est là.

Felton et moi nous observions encore. Il devait mesurer un mètre quatre-vingt-cinq, peut-être un peu moins, il était mince et avait dans son maintien quelque chose d'élastique qui donnait l'impression qu'il était plutôt en forme. Son crâne commençait à se dégarnir de part et d'autre d'une pointe de cheveux bruns sur le front et il avait une petite tonsure à l'arrière. Sa moustache n'était pas taillée et aurait été broussailleuse si elle avait été plus fournie, tout comme sa barbe qui lui donnait simplement l'air d'être mal rasé.

— Asseyez-vous, je vous prie, monsieur Felton, répéta Susan d'une voix claire et ferme.

Felton se tourna et alla s'asseoir dans le fauteuil à côté du bureau. De là, il pouvait nous voir tous les deux, Susan et moi. Je croisai les bras et m'adossai au mur, la mine imperturbable. Le problème, avec les monstres, c'est qu'on a envie de les tuer tant qu'on ne les a pas rencontrés, mais lorsqu'on les rencontre, ils n'ont pas l'air monstrueux et on se met à penser que ce ne serait pas gentil de les tuer.

— Qu'est-ce qui se passe ici ? demanda Felton à Susan.

— Je suis désolée d'amener M. Spenser ici, mais il nous a semblé que c'était nécessaire. Je suis persuadée que vous avez commis la série de meurtres que vous avez signés d'une rose rouge, dit Susan. Il m'a donc semblé que la présence de M. Spenser dans cette pièce et celle d'un autre monsieur dans la salle d'attente, pendant que nous discutions de la situation, était pour moi la meilleure sauvegarde.

Felton me regarda, puis regarda Susan. Il ouvrit la bouche, puis la referma. Je lus sur son visage qu'il luttait pour avoir l'air méprisant et maître de lui.

— J'espère que vous ferez des aveux, dit Susan, d'abord à moi, puis à la police. Dans ce cas, je vous soutiendrai mais dans les conditions actuelles, je ne peux pas continuer à être votre psychothérapeute.

— Vous me fichez dehors parce que vous pensez que je suis le tueur ? demanda Felton.

Je remarquai qu'il ne parlait pas de rose rouge et disait simplement « le tueur ».

— Si nous avons obtenu ici quelque résultat, dit Susan, nous en sommes venus à comprendre que la façon dont les choses sont dites a son importance. Je ne vous fiche pas dehors, je me démets de mon rôle de thérapeute. Croyez-vous que je serais efficace si je poursuivais tout en étant persuadée que vous avez commis ces meurtres en série et, franchement, en étant inquiète pour ma propre sécurité ?

Felton semblait tendu. Il était assis bien droit, les mains jointes devant lui, les coudes sur les bras de son fauteuil. Dans cette position, il avait les épaules un peu voûtées et il devait le sentir car il étira son cou au maximum quand il parla.

— Mais vous ne pouvez rien prouver de tout ça, dit-il.

— Non, dit Susan, je ne peux pas. Mon travail ne consiste d'ailleurs pas à le faire ni à faire part des secrets de notre thérapie à la police ou à qui que ce soit. Mais je dirai à la police que je suis convaincue de votre culpabilité, tout comme je suis convaincue que vous m'avez laissé la rose et que je suis convaincue que vous avez tué les poissons dans l'aquarium de ma salle d'attente.

— Vous ne pouvez pas arrêter de me voir, dit-il.

— Je suis désolée, répondit-elle.

— Je n'ai rien fait. Vous ne pouvez pas. Vous avez une responsabilité. Vous avez prêté une sorte de serment ou quelque chose comme ça.

Susan secoua légèrement la tête.

— Je ne suis pas docteur en médecine, dit-elle. Je suis docteur en philosophie. Je ne pourrais cependant pas continuer, même si j'avais prêté le serment d'Hippocrate.

— Il faut que je parle à quelqu'un, dit Felton. J'ai personne à qui parler. Il faut qu'il y ait quelqu'un.

— Si vous acceptez de dire la vérité, nous pouvons parler, mais il faut que ce soit la vérité et il faut qu'elle soit partagée avec la police et la justice. Si vous dites la vérité, je plaiderai de façon aussi persuasive que possible pour essayer de les convaincre que vous avez besoin d'un traitement et non de la chaise électrique . Mais il est évident que je ne peux garantir ce que sera la décision des tribunaux.

Felton était toujours assis, très raide, dans son fauteuil, mais son visage était blême et ses yeux pleins de larmes.

— A qui est-ce que je vais parler ? demanda-t-il.

— Je ne peux plus rien faire de bon pour vous, dit Susan.

— Je peux pas. Il faut que je vienne vous parler. C'est pas moi qui ai fait ça, vous me croyez pas ? C'est pas moi.

Susan se tut. La rigidité de Felton commençait à se défaire. Il se tassa dans son fauteuil, puis il se pencha en avant comme s'il n'avait plus la force de se tenir droit.

— Vous pouvez pas. (Sa voix était épaisse et les larmes qui lui étaient montées aux yeux se mirent à couler.) Je peux pas. S'il vous plaît, faites pas ça. Ne me laissez pas. Il n'y a personne d'autre. Faites pas ça. Faites pas ça.

Susan était calme, sa voix ferme et douce :

— Si vous n'avouez pas, si vous continuez comme vous l'avez fait, pour vous, ce sera pire et ils ne tarderont pas à vous attraper. (Elle inclina la tête vers moi, sans me regarder.) Il sait que vous êtes l'assassin. Il vous attrapera très vite.

Felton, plié en deux, sanglotant, se balançait d'avant en arrière dans son fauteuil.

— Je peux pas faire ça, je peux pas. Vous ne pouvez pas me laisser tomber.

— C'est un choix terrible que vous avez à faire, dit Susan, mais c'est un choix, ce qui est plus que n'ont eu ces quatre femmes. Vous pouvez avouer et tenter votre chance avec mon aide, ou vous pouvez vous en aller et lui (Elle inclina à nouveau la tête vers moi.) et les autres vous poursuivront jusqu'à ce que vous soyez pris.

Felton continuait de se balancer. Il secouait la tête en répétant :

— C'est pas moi. C'est pas moi.

Il bascula en avant, tomba par terre et resta couché sur le côté, les bras autour de ses genoux repliés.

— Mon Dieu, oh, non, mon Dieu, je ne peux pas.

Susan se leva, fit le tour de son bureau, s'accroupit près de Felton et posa doucement la main sur son dos.

— Si, vous pouvez, dit-elle. Tout simplement parce que vous n'avez pas le choix.

Il continua de sangloter dans la même position et elle resta près de lui, la main immobile sur son dos, entre ses omoplates. Cela ne put durer aussi longtemps qu'il me sembla que ça durait, mais au bout d'un moment, Felton se calma. Il s'assit par terre, puis se leva lentement, comme s'il avait mal dans tout le corps et s'appuya des deux mains sur le dossier du fauteuil.

— Très bien, dit-il. Très bien. Je peux me débrouiller sans vous, espèce de salope.

Susan tourna vers moi la paume de sa main gauche cachée par le bureau.

— Quand vous serez prêt à avouer la vérité, dit-elle à Felton, je serai toujours là.

— Je ne reviendrai pas, répondit-il. Vous n'aurez plus jamais l'occasion de m'humilier. Je vais sortir d'ici et vous pourrez baiser tous les deux sur le canapé, comme des chiens, et j'en ai rien à fiche.

Il se tourna, sortit du bureau et entra dans la salle d'attente. Hawk était appuyé contre le mur près de la porte de sortie. Son regard inexpressif suivit Felton qui s'approchait de la porte, l'ouvrait, traversait le vestibule et sortait de la maison. Hawk le suivit.

Je fermai la porte.

Susan me regarda un moment, puis se mit à pleurer. Elle commença par renifler, puis les larmes coulèrent, enfin elle sanglota, la tête posée sur son bureau, les épaules secouées. Je fis un pas vers elle et m'arrêtai. Je savais quelque chose que j'ignorais savoir et j'attendis pendant qu'elle pleurait, sans rien dire et sans la toucher.

27

Il fallut environ dix minutes à Susan pour se ressaisir.

— Pardonne-moi cette crise de larmes, dit-elle.

— Tu n'as rien à te faire pardonner, la rassurai-je. Tu as été obligée de faire quelque chose de brutal.

— Nous sommes convaincus qu'il a assassiné ces quatre femmes, dit Susan. Je ne pense pas qu'il ait pu s'en empêcher et je crains qu'il ne le puisse toujours pas. Mais c'est une maigre consolation pour les quatre femmes qui sont mortes et pour les gens de leur entourage.

— Hawk le suit.

— Et si Felton le sème ?

— Ça ne risque pas d'arriver. Hawk n'est pas obligé de faire attention. Il n'a pas à craindre de se faire remarquer. Il peut marcher sur les talons de Felton. Il ne le sèmera pas.

— Nous ne pouvons pas le laisser tuer quelqu'un d'autre, dit Susan.

— Je sais.

Je pris le téléphone qui était sur son bureau et appelai Quirk chez lui. Sa femme répondit et un instant après, j'avais Quirk au bout du fil.

— C'est bien Felton, le gars de Charlestown, celui qui est gardien dans un service de sécurité, lui annonçai-je.

— Vous en êtes sûr ?

— Tout à fait sûr. Je ne peux pas le prouver mais je le sais.

— Où est-il, en ce moment ? demanda Quirk.

— Il vient de quitter le bureau de Susan, suivi par Hawk. Felton sait que nous savons. Susan lui a dit qu'elle ne voulait plus de lui, comme patient et il est dans tous ses états.

— Je vais appeler Belson, dit Quirk. Nous verrons si nous pouvons le cueillir chez lui. Vous êtes chez Susan ?

— Ouais.

— Restez-y, je prendrai contact avec vous dans un moment.

— Je ne bouge pas, lui dis-je.

Je raccrochai et dis à Susan :

— Quirk et Belson vont aider Hawk à suivre Felton. Comme ça, ils seront trois à le filer et ils pourront se relayer.

— Jusqu'à quand ?

— Jusqu'à ce que nous ayons trouvé le moyen de prouver ce qu'il a fait. Alors, Quirk pourra l'arrêter et il sera hors d'état de nuire.

— Et si nous ne pouvons pas le prouver ?

— Il faudra bien qu'on finisse par le retirer de la circulation.

— Tu veux dire que vous le tuerez, toi ou Hawk.

— Quirk le fera peut-être, dis-je. On ne peut pas laisser ce type en liberté.

— Je sais qu'il est l'assassin.

— Ouais.

— Il nous faut trouver un moyen de le coincer, dit Susan.

— En tout cas, je ne te lâche pas d'une semelle jusqu'à ce que nous ayons trouvé, alors commençons à chercher. Et tes autres patients ?

— J'ai annulé mes autres rendez-vous de la journée, dit Susan.

— Il te faut déjeuner.

— Oui et sans doute boire deux verres bien tassés.

Nous montâmes à l'appartement où je préparai deux vodka-martini avec très peu de vermouth. Susan mit trois olives dans un verre et je versai le cocktail dessus. Susan prit le verre, le regarda un instant, puis, d'une seule gorgée, en vida près du tiers.

Le réfrigérateur de Susan était sous le comptoir et ce qui lui manquait en hauteur lui manquait aussi en largeur. Je m'accroupis devant pour voir si ses ressources permettaient de préparer un déjeuner. Ses ressources étaient très limitées.

— Il y a deux ailes de poulet désossées dans le congélateur, me dit Susan.

Je les trouvai sur les bacs à glace. Les bacs à glace étaient pleins. D'habitude, Susan les mettait là, vides. Je mis de l'huile d'olive vierge extra dans une poêle, ôtai l'emballage des ailes de poulet, plaçai les deux petites portions dures comme des cailloux dans la poêle, versai du vermouth dessus, couvris la poêle et la mis à feu doux sur la gazinière.

Le cocktail de Susan avait diminué de deux tiers.

Je trouvai une bouteille de Scotch Laphroig dans le placard, à côté d'une boîte de sucre roux en morceaux et de beurre de cacahuètes garanti sans conservateur ni produits chimiques. Je la sortis, fit tomber des glaçons d'un des bacs à glace et préparai un grand Scotch *on the rocks*.

— Tu avais raison, tu sais, me dit Susan.

— Probablement, répondis-je. A quel sujet ?

Susan termina son cocktail et agita le verre vide. Je lui en servis un second sans lui faire remarquer que je n'avais pas mesuré les ingrédients en faisant le mélange et qu'en conséquence, les deux verres que je lui avais servis étaient pleins à ras bord.

— Quand tu n'as pas voulu que je sois seule pour parler à Felton.

— Ce n'est même pas une question d'avoir tort ou raison, lui dis-je. Je ne pouvais pas te laisser seule.

— Tout comme tu ne le peux pas maintenant, dit-elle.

— Oui.

— Bien que Hawk soit en train de suivre Felton et qu'il doive être rejoint par Belson et Quirk.

— Oui.

— Bien que tu m'aies dit que Felton ne pourra pas échapper à Hawk.

— Oui.

— Alors, pourquoi ? demanda-t-elle.

Elle attira le bocal et mit deux olives dans son

cocktail qui menaça de déborder. Elle en but un peu et ajouta une autre olive.

— Je t'ai perdue pendant deux ans, lui dis-je. Je me suis rendu compte que je pouvais vivre sans toi. Je me suis rendu compte, aussi, que je ne le voulais pas.

— Pourquoi ?

— Parce que je t'aime. Parce que tu es ma vie comme la musique au bord du silence.

— La musique au bord de quoi ?

— Je n'ai jamais très bien compris non plus, lui dis-je. J'ai lu ça quelque part.

Je bus un peu de Scotch. Susan but un peu de vodka-martini. Les ailes de poulet mijotaient tout en se décongelant. J'explorai à nouveau le réfrigérateur, cherchant l'inspiration. Il y avait des brocolis et une carotte. Sous l'évier, je trouvai un oignon, dernier survivant de son filet. J'alignai les légumes et me mis à chercher un couteau.

— Je vais essayer de formuler ça autrement, lui dis-je. Ce n'est pas seulement le fait que je t'aime. C'est parce que tu compenses toutes mes insuffisances.

Susan sourit et mangea une olive dénoyautée.

— Mais as-tu du respect pour moi ?

— A revendre. (Je trouvai un couteau économique et me mis à peler l'oignon.) De plus, je compense les tiennes. Nos forces et nos faiblesses s'entremêlent si parfaitement qu'ensemble, nous sommes plus que le total des parties.

Susan sourit et mangea une autre olive. Son verre était presque vide.

— Prépare encore un peu de vodka-martini, dit-elle.

Je la regardai, haussai les sourcils et en préparai d'autre.

— Merci, dit Susan quand j'eus empli son verre.

Je bus du Scotch. Si ça devait se passer comme ça, je ne voulais pas être à la traîne.

— C'est une des ironies de l'amour, dit Susan. (Sa voix avait un son cristallin.) Selon toutes les idées reçues de la culture populaire, un amour réussi est fondé sur des intérêts communs. Les agences de rencontres mettent sur ordinateur les goûts, les passe-temps, les vacances préférées et des trucs comme ça, pour pouvoir assortir les gens en fonction de ce qu'ils ont en commun.

Ayant pelé l'oignon, je cherchai une planche à hacher. J'en trouvai une derrière le grille-pain, un petit truc en fibre de verre qui semblait n'avoir jamais servi.

— Et en fait, bien sûr, poursuivit Susan, l'amour s'épanouit souvent le mieux quand le yin rencontre le yang.

— Le yin rencontre le yang ?

— Ça ne fait rien, dit Susan. Du moment que tu gardes ton yin pour toi.

J'éminçai l'oignon, grattai la carotte et la coupai en tranches. Je coupai les brocolis et n'en conservai que les fleurons.

— C'est pourquoi j'ai pu te laisser rester, poursuivit Susan.

Elle était maintenant assise, le menton posé dans la paume de sa main. Elle pêcha une autre olive dans son verre, la partagea en deux d'un coup de dents et contempla une moitié pendant qu'elle mastiquait l'autre.

— Rester avec Felton et toi ?

— Oui. Parce que ce n'était pas tant mon besoin que le tien.

— Ma faiblesse, pour ainsi dire.

— Um uh.

Elle mangea le reste de l'olive et but ce qui restait dans son verre. Je versai, dans le mien, un peu plus de Scotch sur les glaçons. Susan se servit du cocktail.

— Et tu n'as pas été gênée parce que cela impliquait que tu ne pouvais pas t'en sortir toute seule ?

— Non, dit Susan en observant attentivement son martini. Parce que c'était vrai. Je n'aurais pas pu m'en sortir toute seule. Pas s'il avait essayé de me ligoter et de tirer.

— Tu avais un revolver, lui dis-je.

— Si j'avais le temps de le saisir.

Je souris brusquement.

— En fait, tu voulais que je sois là, dis-je.

— En partie.

— Tu voulais que j'insiste. Tu voulais que j'aie le dernier mot dans notre discussion.

— Voulais est un peu trop simple. (Son regard était passé de son verre à la couleur de l'après-midi par la fenêtre de sa cuisine.) Je le voulais et ne le voulais pas. J'avais besoin à la fois de mon autonomie et de ta protection. En agissant comme je l'ai fait, j'ai pu avoir les deux.

Je soulevai le couvercle sur la poêle à frire et

sondai les ailes de poulet avec le couteau économique. Elles semblaient être décongelées. Avec le dos de la lame du couteau, je fis passer les bouts d'oignon et de carotte de la planche à la poêle. J'ajoutai une gousse d'ail et de l'estragon séché, puis remis le couvercle.

Susan vida son reste d'alcool. Ses pupilles étaient dilatées. Elle posa le verre, se leva du tabouret, s'approcha et s'appuya contre moi en encerclant ma taille de ses bras et nous restâmes un moment ainsi. Puis Susan releva la tête et je l'embrassai. Elle ouvrit la bouche, me serra plus fort et me rendit longuement mon baiser. Puis son corps devint presque flasque, elle retira sa bouche, pencha la tête en arrière et me regarda. Ses pupilles étaient énormes. On aurait dit que ses yeux ne semblaient plus avoir d'iris.

— Au lit, dit-elle.

Sans desserrer mon étreinte, je libérai mon bas gauche pour éteindre la flamme sous le poulet. Puis je glissai le bras gauche sous les cuisses de Susan, la soulevai et la pris dans mes bras. Elle appuya la tête contre mon épaule et me mit les bras autour du cou. Traversant le salon, je la portai jusqu'à sa chambre.

C'est moins facile qu'on le croirait en voyant *Autant en emporte le vent.*

Le lit de Susan était en rotin, avec un couvre-lit à impression cachemire, qu'elle repliait sur le drap gris-bleu et sept ou huit grands coussins recouverts du même tissu. Je la posai doucement sur le lit où elle resta allongée les bras en croix, les jambes molles. Elle levait sur moi ses yeux grands ouverts.

Je sortis mon revolver de son étui et le posai sur la table de nuit en rotin assortie au lit. Je me déshabillai. Susan me regardait toujours sans faire un mouvement. Seuls ses yeux bougeaient. Son corps inerte semblait se fondre dans le lit. Je me retrouvai nu devant Susan tout habillée.

— Déshabille-moi, dit-elle d'une voix douce qui n'avait pas perdu son étrange clarté.

Je hochai la tête. Je ressentais ce que je ressentais toujours quand j'étais nu et ma compagne ne l'était pas. J'ôtai les chaussures de Susan. Des chaussures bleues à petits talons. Je les posai soigneusement sous le lit pour que nous ne risquions pas de marcher dessus. Je retirai sa veste. Susan ne faisait pas un geste pour m'aider ou pour me gêner, mais restait immobile et molle en fixant sur moi son regard un peu flou. Il fallait que le pull-over passe au-dessus de sa tête ce qui présenterait un problème si elle ne m'aidait pas. Je passai la main gauche sous ses épaules pour la soulever.

— Laisse le pull, dit-elle.

— Très bien, répondis-je d'une voix un peu rauque.

— Occupe-toi de la jupe.

— Très bien, dis-je d'une voix plus rauque.

J'ai toujours été habile de mes mains. Il ne me fallut donc pas longtemps pour tout enlever sauf le pull-over. Pendant l'opération, elle resta les yeux grands ouverts, aussi molle et passive qu'un ours en peluche. Je me couchai sur le coude gauche auprès d'elle.

— Et maintenant ? demandai-je.

Sa tête roula vers moi sur l'oreiller. Son regard vague qui traversait le mien, était posé sur un objet lointain.

— Tout, répondit-elle.

… Dans le miroir, l'œil vide et sombre du canon du revolver était fixe. Il remit l'arme dans sa ceinture et s'entraîna à la sortir et l'amener en position. Il le fit plusieurs fois. Il essaya la prise à deux mains « Tasse de thé » — la main gauche en creux soutenant la crosse —, la prise à deux mains « serrée » — la main gauche enserrant la main droite après avoir reculé le chien pour armer.

— Alors, mon salaud, dit-il au miroir. Tu te crois toujours aussi fort ?

Il remit le revolver, le ressortit, visa, genoux fléchis. Dans son bureau, son petit ami n'avait pas ouvert la bouche pendant toute la scène. Il était simplement resté contre le mur, les bras croisés. Des vacheries d'avant-bras comme ce con de Popeye. Il tourna le dos au miroir, sortit le revolver et pivota vers le miroir, l'arme dans la main droite, la crosse de l'arme posée dans la paume de sa main gauche. Les genoux fléchis, le mauvais œil, le droit, louchait ; visant avec le gauche. Le petit ami n'avait pas l'air inquiet. Il avait l'air de... merde, de quoi avait-il l'air ?

— Il avait l'air de savoir qu'il était plus fort que moi.

Il laissa retomber le revolver au bout de son bras et le releva lentement, en souriant.

— Tu te crois vraiment plus fort que moi, mon salaud ?

Il sentait en lui un grand vide. Ça lui faisait ça depuis qu'elle l'avait fichu dehors. Maintenant, eux, ils étaient ensemble et lui, il était là. Sans doute en train de baiser et lui, il était là. Et le Noir était toujours là. Merde, il était encore plus grand que le putain de petit ami. Il regarda le sac de gym, le ramassa, regarda dedans, le rouleau de corde à linge, le rouleau de chatterton. Il posa le revolver sur la table de nuit, se déshabilla, se colla du chatterton sur la bouche, se ligota du mieux qu'il put, s'allongea sur le lit et pensa à la psy avec la corde qui lui scierait les cuisses.

— Toi aussi, je t'aurai, tôt ou tard.

Il le dit aussi fort qu'il le put mais avec le bâillon de chatterton, on aurait dit des grognements étouffés. Comme les grognements qu'elle pousserait. Allongé sur le lit, il libéra une de ses mains de la corde à linge et il se masturba en pensant à l'effet que ça lui ferait d'entendre la psy grogner à travers le chatterton.

— Je t'aurai, salope, je t'aurai.

28

Ce fut une longue après-midi grande ouverte, exploratoire, surprenante et quand nous eûmes terminé, Susan, en pull-over, s'endormit sur le lit. Je me levai, pris mon revolver, allai dans la cuisine et examinai les ailes de poulet. Loin de les avoir fait souffrir, ces quelques heures de marinade leur avaient même peut-être été bénéfiques. Je les laissai en profiter, me rendis dans la salle de bains de Susan, posai mon revolver sur le réservoir de la chasse d'eau, écartai trois paires de collants et pris une douche. Je me lavai la tête avec le shampooing français à l'huile de noix, que je trouvai sur le rebord de la baignoire et, quand j'eus terminé, j'enfilai le peignoir-éponge vert que je laissais en permanence chez Susan. Je pris une des bouteilles de soda que Susan entreposait sous le lavabo, repris mon revolver et retournai dans la cuisine. Je me préparai un léger Scotch-soda, puis j'allai me tenir devant la fenêtre du salon et regardai dehors. Le revolver était posé derrière moi, sur la table basse. Dans Linnaean Street, les arbres commençaient à bourgeonner. Il y avait surtout des érables, quelques chênes et au moins un châtaignier. De l'autre côté de la rue, devant l'immeuble résidentiel en brique, une femme de type hispano-américain, qui portait une veste trois quarts sur une robe imprimée, berçait un bébé dans son landau. Adossée au mur elle éloignait le landau et le rapprochait d'elle tour à tour. Il n'y avait aucun bruit dans l'appartement. J'étais habité par le sentiment de paix et de détachement que j'éprouvais toujours après avoir fait l'amour avec Susan. Une camionnette de la poste s'arrêta devant la maison voisine et une jeune femme en uniforme en descendit. Elle se dirigea vers la porte d'entrée, tenant à la main une de ces enveloppes qui ont l'air particulièrement urgentes. Juste en face de moi, quatre pigeons, perchés sur le rebord extérieur du premier étage tendaient le cou dans tous les sens en se balançant. Je ne vis personne arriver dans la rue avec un revolver et un rouleau de corde.

— Merde, dis-je à voix haute dans la pièce silencieuse.

S'il décidait de revenir, je pourrais le tuer et ce serait fini. Je ne pensais pas que Hawk le laisserait échapper, Quirk non plus. Mais ce sont des choses qui arrivent. Il est très difficile de rester derrière quelqu'un qui veut vous semer et à qui il est égal que vous sachiez qu'il veut vous semer. Si le gars que vous filez est habile, c'est même impossible. Je le savais, Quirk le savait et Belson le savait. Hawk le savait aussi, bien qu'il ne crût pas vraiment qu'il pût essuyer un échec.

C'est pourquoi je ne voulais pas la laisser.

Je retournai dans la cuisine me préparer un autre

léger Scotch-soda, puis je revins me placer devant la fenêtre et regardai encore dehors.

Et s'il me tuait ?

Je secouai vivement la tête. C'était une pensée trop pénible. Et pas très productive. Pour être qui j'étais et faire ce que je faisais il fallait partir du principe que j'allais gagner.

— Ce n'est quand même pas parce qu'il a mieux sauté une barrière, dis-je, en rompant le silence de l'appartement.

C'était un phénomène courant : ce n'était pas quand elle était le plus vraisemblable qu'on ressentait la peur mais quand elle était le plus atroce. S'il m'éliminait et pouvait atteindre Susan... A nouveau, je secouai la tête. Il lui fallait semer Hawk et il fallait qu'il puisse m'éliminer. Et il fallait qu'il atteigne Susan avant qu'elle n'attrape le revolver. Pourrait-elle tirer ? Oui. Elle le pourrait. S'il le fallait. Et s'il le fallait, elle serait calme, sa main serait ferme et l'arme ne tremblerait pas.

Mon regard se porta de nouveau sur la rue.

— Allez, viens, dis-je. Allez, viens, fais-le.

En entendant ma propre voix, je me sentis ridicule, mais je serrais encore les dents et j'avais les épaules et le cou crispés.

La voix de Susan me parvint de la chambre :

— Salut.

Un tout petit bruit.

Je traversai le couloir et entrai dans la chambre. Susan était couchée sur les couvertures, vêtue de son seul pull-over. Je lui dis :

— Il est impudique et honteux de faire l'amour en pull-over.

— Dis-moi plutôt qu'il y a un Coca diététique quelque part dans cette maison.

— J'en ai vu une bouteille sous le lavabo de la salle de bains. Je suppose que tu le veux tiède.

— Oui et immédiatement, répondit-elle.

J'allai chercher le Coca diététique, le versai dans un grand verre, sortis un citron du réfrigérateur, en coupai une rondelle et la mis dans le Coca. En fait ce que j'avais trouvé dans le compartiment à œufs n'était qu'un tiers de citron un peu desséché. Je portai le verre dans la chambre et le posai sur la table de nuit. Susan était toujours étendue sur le dos. Je ramassai plusieurs coussins dont je m'étais débarrassé plus tôt, les plaçai autour d'elle, puis je mis la main dans son dos, entre ses omoplates, la mis en position assise et glissai les coussins derrière elle.

— Oh, la, la, dit-elle.

J'approchai d'elle, de quelques centimètres, le verre de Coca diététique. Ses yeux vinrent lentement se poser dessus. Elle le prit, le porta à sa bouche, but et le reposa sur la table de nuit. Je ne connaissais qu'elle qui aimât le Coca diététique tiède. Elle prit son souffle et expira.

— Que disais-tu à propos de mon pull ? demanda-t-elle.

— Qu'il est impudique et honteux de faire l'amour en pull-over.

— Oui, fit-elle d'un ton songeur. C'est vrai, ça. (Elle me sourit.) Il est sans doute assez honteux de traîner au lit en buvant du Coca diététique, vêtue de son seul pull-over.

— Oui, mais une soif causée par une gueule de

bois due à cinq vodka-martini, peut faire faire des choses honteuses aux meilleurs d'entre nous.

— Cinq ?

— Cinq.

— Quelle horreur. (Susan remonta ses jambes nues contre sa poitrine.) Quelle heure est-il ?

— Cinq heures moins le quart, répondis-je. Presque l'heure des cocktails.

Susan frissonna. Elle encerclait ses genoux de ses bras.

— Peut-être deux aspirines, dit-elle.

J'allai lui en chercher et elle les fit descendre avec du Coca diététique, tiède.

— Nous avons loupé le déjeuner, dit-elle.

— Ça en valait la peine, à mon avis.

— Evidemment, dit-elle, mais maintenant, j'ai besoin de m'alimenter.

— Le poulet nous attend, lui dis-je.

— Bien cuit ?

— J'avais fermé le gaz avant de t'emporter vers des ébats en pull-over.

— Ça ne m'étonne pas de toi, dit-elle.

… temps de disparaître. Il avait son sac et toutes ses affaires, il était temps de prendre le maquis. Il portait un pull-over noir à col roulé, un jean noir et des chaussures de course noires. Il se coiffa du bonnet de marin. S'il se noircissait le visage, les gens le remarqueraient. Deux types blancs étaient venus rejoindre le type noir. Ils avaient fait le tour de l'immeuble et regardé toutes les entrées. Puis le type noir était parti. Les deux types blancs étaient restés dehors. Assis dans un break de l'autre côté de la rue, de façon à voir la porte d'entrée principale de l'immeuble et l'escalier de secours sur le côté. Ces imbéciles croyaient le tenir. Il n'y avait rien, ici, qui les aiderait à le trouver. De toute façon, il n'y avait rien, ici. C'était comme habiter des putains de chiottes. Il sortit de la pièce, marcha dans le couloir jusqu'à la fenêtre du fond, l'ouvrit, enjamba le rebord et sauta sur le toit qui se trouvait à un peu plus d'un mètre plus bas. Il courut sur le toit, passant devant la fenêtre d'une pièce ou un gros type et sa femme, assis sur le canapé, regardaient la télévision, puis il grimpa l'escalier de secours le

long du mur de l'immeuble voisin. La porte d'entrée était ouverte. A tous les coups ça marche. Comme il descendait l'escalier de l'immeuble voisin, il ressentit ce truc dans l'estomac et le bas-ventre. Comme de l'électricité. Il avait fait son truc, il était prêt pour la nuit. Il était prêt à tout. Arrivé au rez-de-chaussée, il alla à l'arrière de l'immeuble, sortit par la porte de service et se retrouva dans une ruelle. Il sentait l'électricité dans ses jambes, il sentait l'air circuler librement dans sa poitrine. L'instant d'après il s'engageait dans une autre rue et s'éloignait dans l'ombre, muni de tout son équipement.

29

Susan avait de nouveau annulé ses rendez-vous et était assise dans mon bureau en compagnie de Quirk, Belson, Hawk et moi.

— Je suppose, dit Quirk, qu'il est sorti par une fenêtre à l'arrière de l'immeuble. Ils ont rajouté un étage à l'arrière, là-bas, et il a dû sauter sur le toit et aller jusqu'à l'escalier de secours contre le mur de l'immeuble voisin. Il est monté jusqu'en haut, est entré par la porte sur le toit et il est redescendu par l'intérieur. Il y a une porte de service qui débouche sur Cordis Street.

— Quelque chose dans l'appartement ? demandai-je.

— Est-ce qu'on irait fouiller sans mandat de perquisition ? fit Belson.

— Oui, répondis-je.

— Pas la moindre chose, dit Quirk. Il n'y a rien, là-dedans. Quelques vêtements, un poste de télé, deux boîtes de soupe à la tomate. On a l'impression que ce n'était pas vraiment habité.

— Qu'est-ce qu'il va faire, maintenant ? demandai-je à Susan.

— Je n'en sais rien. Ses problèmes vont le travailler. Les tensions. Jusque-là, la psychothérapie ne l'a pas empêché de commettre des meurtres, mais...

Elle secoua la tête.

— Vous n'auriez pas pu le garder comme patient jusqu'à ce qu'on l'ait épinglé ? demanda Quirk.

— Ç'aurait été chouette si vous ne l'aviez pas perdu, dit Hawk qui se tenait contre le mur, près de la fenêtre.

Quirk le mitrailla des yeux, continua de le regarder et hocha la tête. Puis il dit à Susan :

— Excusez-moi ; ma question était déplacée.

— Le lieutenant se traite de tous les noms pour avoir laissé filer Felton. Moi aussi, dit Belson.

Susan hocha la tête

— Est-ce qu'il risque de s'en prendre à vous ? lui demanda Quirk.

— C'est possible. Je l'ai maltraité. Il a le sentiment que sa mère l'a maltraité. Il se pourrait qu'il ressente une rage terrible. Par le passé, quand il la ressentait et ne pouvait l'exprimer directement, il l'exprimait symboliquement. Sous quelle forme il exprimerait sa rage contre moi, ça je ne saurais le dire. Il le ferait peut-être directement, ou il devrait peut-être la détourner sur quelque chose qui me représenterait symboliquement. Il est impossible de savoir quel serait le symbole.

— Nous avons donc peut-être encore moins de prise sur lui que nous n'en avions avant, dis-je.

— Avant, nous pouvions supposer qu'il s'en prendrait à une femme noire d'une quarantaine d'années. Maintenant, si c'est Susan qu'il veut punir...

— Je ne sais pas, dit Susan. Son symbolisme lui est personnel. Il pourrait s'attaquer à moi, il pourrait... (Elle secoua la tête.) ... n'importe qui.

— Très bien, dit Quirk. Nous allons nous mettre à sa recherche. Je suis encore en vacances, mais je peux contacter un tas de flics qui se mettront aussi à le chercher.

— Vous avez une photo ? demandai-je.

— Ouais. L'entreprise de sécurité me l'a donnée.

— Susan va rester avec moi, dis-je. Il risque de rappliquer chez elle.

— Nous surveillerons la maison, dit Quirk. Et son ex-femme ?

Je regardai Hawk.

— Je serai ravi de la surveiller, dit-il. A moins que tu aies besoin de moi.

— Non, répondis-je. Je resterai près de Susan.

Hawk s'adressa à Susan :

— Soyez prudente. Si vous avez besoin de moi, vous appelez Henry.

Susan sourit.

— Oui, dit-elle. Merci.

Hawk s'en alla avec Belson et Quirk.

Le calme se fit dans mon bureau.

— Et maintenant, qu'est-ce qu'on fait.

— La merh, répondis-je. On fa foir la merh.

— Tu penses qu'il ira chez sa mère ?

— N'avait-il pas transféré sur toi une grande partie des sentiments qu'il éprouvait pour elle ?

— Oui.

— Alors, s'il détourne sa rage, il la détournera peut-être sur elle. C'est possible ?

— C'est possible, répondit Susan.

— De toute façon, je suis à peu près sûr que ce n'est pas ici qu'il viendra.

30

Cette année-là, je roulais dans une Jeep à toit rigide, équipée d'un tas d'accessoires qui auraient fait rougir de honte celle que je conduisais en Corée. Je la garai dans la rue, à une certaine distance de la maison où habitait la mère de Felton, à Swampscott sur le bord de mer opposé à King's Beach. Elle habitait le rez-de-chaussée d'un immeuble de deux étages qui avait été vendu en copropriété quand ce système était devenu à la mode.

— Tu as le revolver dans ton sac ? demandai-je à Susan.

— Oui, répondit-elle.

— Ton sac est ouvert ?

— Oui.

— Parfait.

Mon revolver était dans l'étui que je portais sous le bras, sous la veste de mon survêtement dont je n'avais pas remonté la fermeture à glissière. Il faisait soleil et la température était clémente. Je coupai le moteur et restai assis dans la Jeep à respirer l'air de l'océan, qui entrait par la vitre à demi baissée.

— Est-ce que c'est dans le manuel du parfait garde du corps ? me demanda Susan. Emmenez la femme que vous protégez chercher l'homme dont vous la protégez ?

— Je croyais que c'était toi qui me protégeais, répondis-je.

— De quoi ?

— Du danger d'éclater de désir refoulé.

— Je fais de mon mieux, dit Susan.

Par cette belle matinée, des jeunes femmes accompagnées de petits enfants, des femmes plus âgées accompagnées de petits chiens et quelques vieux messieurs accompagnés de leur canne, se promenaient au bord de l'océan. La rue longeait le quai. Un trottoir bordait le quai et une rampe métallique bordait le trottoir. De l'autre côté de la rampe, la plage était à trois mètres cinquante plus bas et au pied de la plage, les vagues de l'océan arrivaient du Portugal. A l'horizon, un pétrolier venant du port de Boston avançait imperceptiblement.

— Je ne peux pas te laisser seule et il me faut trouver Felton. Il faut donc que nous le cherchions ensemble, dis-je.

— Je sais, dit Susan. Et si ce n'était pas si dramatique, je crois que ça me plairait bien. J'ai l'impression d'être la Lois Lane de Superman.

— En tout cas tu as choisi le bon équipier.

Dans mon rétroviseur, je vis Felton tourner le coin de Monument Avenue et marcher de mon côté de la rue. Il portait un petit sac de gym bleu. Tout habillé de noir, il avait l'air d'un figurant dans un film de Rambo.

— Felton, dis-je à Susan. Il va passer juste à côté de toi, penche-toi vers moi et embrasse-moi.

Susan avait d'excellents réflexes. Elle était penchée de côté sur son siège et son visage couvrait le mien, au moment où Felton passa sur le trottoir, près de la Jeep. Je le suivis d'un œil à travers les cheveux de Susan. Il faisait exagérément attention, comme un gosse qui joue à la guerre. Il passa près de nous et, un peu plus loin, tourna pour s'approcher de l'immeuble de sa mère.

— Il vaut parfois mieux être veinard que compétent, dis-je à Susan.

Elle se redressa en regardant du côté de Felton.

— Et maintenant ? demanda-t-elle.

— Je ne sais pas. Il faudrait savoir comment est sa mère. S'il lui confesse tout, est-ce qu'elle l'aidera ?

— Je ne la connais que par la façon dont il la perçoit. Si elle est juste, je pense que le seul souci de cette femme sera de se préserver elle-même. Si elle croit pouvoir étouffer l'affaire en aidant son fils, elle l'aidera. Si elle croit pouvoir assurer sa propre sécurité en le livrant, elle le livrera. D'après ce qu'en dit son fils, il semblerait qu'elle soit presque paralysée par son souci de l'opinion que les autres ont d'elle.

— Pourquoi viendrait-il chez elle ?

— Je ne sais pas.

— Y a-t-il des chances pour qu'il soit particulièrement vulnérable en présence de sa mère ?

— Oui, répondit Susan.

— Bon. Il a manifestement revêtu sa tenue de combat. Il ressemble à une version hollywoodienne du monte-en-l'air.

Nous regardâmes ensemble Felton franchir la porte d'entrée.

— Il a son sac de gym. Il n'y a peut-être mis que des chaussettes de rechange et sa brosse à dents. Ou peut-être de la corde, du chatterton et un revolver de calibre .38. Si on l'attrapait avec l'arme du crime, on le tiendrait.

— Ce serait une bonne preuve bien solide, dit Susan.

— Mais ce serait franchement idiot de se balader avec l'arme du crime quand on sait qu'on est recherché.

— Ce serait une façon de se faire prendre, dit Susan.

— A condition de vouloir être pris.

— Une part de lui le veut, dit Susan. C'est probablement ce qui l'a amené à faire une psychothérapie. Et qui l'a poussé à écrire et à téléphoner.

— Et à venir ici, chez sa mère, sous le soleil de midi. Allons-y.

— Et après ?

— On verra comment ça tourne, répondis-je.

— Est-ce qu'on a le droit de faire ça, devant sa mère ?

— Suzie, j'ai surtout joué selon tes règles. Maintenant, on est dans ma spécialité. Maintenant, on joue selon *mes* règles.

— Pourquoi ?

— Parce que j'en sais plus que toi là-dessus. Parce que c'est *mon* métier.

Susan resta un instant silencieuse, les yeux fixés sur l'immeuble où habitait la mère de Felton.

— Et qui sait, ajoutai-je, s'il n'est pas venu avec sa corde et son revolver pour régler son compte à sa mère.

Susan hocha lentement la tête et ouvrit la portière, de son côté.

31

La porte d'entrée s'ouvrait sur un petit vestibule aux murs tapissés de papier à motifs beiges. Un escalier montait tout droit au premier étage. Sur la droite, il y avait une petite salle à manger avec une table en acajou et deux vitrines en coin. Sur la gauche, il y avait un salon qui s'étendait sur toute la profondeur de la maison et dont les murs étaient tapissés de papier beige à grosses fleurs rouges. Felton était assis vers le fond de la pièce, dans une bergère en velours rouge vif. Sa mère était installée sur le canapé recouvert d'un tissu à fleurs.

— Tiens, qui est là ? demanda Mme Felton.

C'était une petite femme au visage pointu, aux cheveux très frisés par une permanente et teints en châtain clair. Elle portait une robe gris-vert et des chaussures vertes à talons hauts.

— Je m'appelle Spenser, madame Felton et voici le Dr. Silverman.

Mme Felton fronça un peu les sourcils à l'adresse du Dr. Silverman. Les médecins sont du sexe masculin. Et Silverman était un nom aux consonances juives. Felton était absolument immobile dans son fauteuil, avec le sac de gym par terre, à ses pieds. Il fixait un point dans l'espace, quelque part entre Susan et moi.

— Que voulez-vous ? demanda Mme Felton. Vous auriez dû frapper à la porte.

— Savez-vous ce qu'a fait votre fils, madame Felton ? lui dis-je.

A-t-il regardé par le trou de la serrure ? S'est-il caché pour épier les filles au vestiaire, a-t-il mis une punaise sur la chaise du professeur ? Le visage de Mme Felton se durcit, ses rides se figèrent. Elle plissa les yeux, puis elle se tourna vers son fils :

— Qu'est-ce que ça veut dire, Gordon ? Qu'est-ce que tu as encore fait ?

Felton, immobile, raide, répondit, toujours sans nous regarder :

— J'ai rien fait. Je ne les connais pas.

— Le Dr. Silverman est la psychothérapeute de votre fils, dis-je.

Les rides de Mme Felton se creusèrent, son expression devint glaciale.

— Psych... fit-elle.

— Psychothérapeute, lui dis-je. Le Dr. Silverman est psychologue. Elle a soigné votre fils.

Les traits de Mme Felton étaient si pincés qu'ils semblaient être au milieu de son visage.

— Qu'est-ce qu'il a dit ?

— A propos de vous ? (Je souris.) C'est un peu trop long à résumer.

— Gordon, qu'est-ce que tu as raconté à mon sujet ? (Felton conserva sa position rigide.) Je ne suis pas chaude pour ces histoires de psychologie, me dit-elle. La plupart des médecins sont plus cinglés que leurs malades.

— Vous savez certainement tout sur la question, lui dis-je.

Nous attendîmes dans un silence contraint. Je ne savais pas où je voulais en venir. Je voulais juste que nous restions tous là, dans cette ambiance tendue, aussi longtemps que je pouvais nous y maintenir. Si je le poussais trop, Felton décamperait sans doute. Si je fouillais trop tôt son sac de gym et n'y trouvais que des chaussettes de rechange et une brosse à dents, il marquerait un point et je ne voulais pas qu'il se sente le plus fort. Si j'y allais carrément et révélais à sa mère qu'il était un assassin, elle s'évanouirait ou piquerait une crise de nerfs ou tout simplement le nierait et nous ordonnerait de sortir. Ça aussi, ce serait bon pour le moral de Felton.

Nous étions restés près de la porte du salon. Je m'étais avancé de quelques pas et Susan était un peu derrière moi. Au fond de la pièce, il y avait une autre porte qui donnait probablement sur la cuisine. Je me dis que Felton serait obligé de se lever et de contourner son fauteuil pour aller dans la cuisine d'où il aurait sans doute accès à l'extérieur. S'il y arrivait avant que je puisse l'arrêter, j'aurais perdu plus de terrain que je croyais en avoir gagné.

— Gordon, dit Mme Felton, qu'est-ce que c'est que cette histoire ?

— C'est rien, répondit Felton d'une voix terne qui semblait perdue au fond de sa gorge.

Mme Felton s'adressa à moi :

— Je vais vous dire : aucun garçon n'a eu une aussi bonne mère. Je ne l'ai jamais laissé seul un instant. J'ai toujours été là quand il avait des ennuis. Depuis sa naissance, je me suis toujours sacrifiée pour ce garçon.

Je regardai Felton.

— C'est vrai, ça, mon garçon ?

Felton sembla revenir sur terre. Son regard cessa de fixer un point dans le vide et se posa sur Susan.

— Vous voyez ? dit-il. Vous voyez comme elle est ?

— Gordon, protesta sa mère, qu'est-ce que tu racontes ? Je te défends de me parler comme ça !

Felton regardait encore Susan.

— Est-ce que je lui parlais ? fit-il. Non, c'est à vous que je parlais. Mais elle me défend de *lui* parler comme ça.

— Gordon, je t'interdis ! dit sa mère.

— Vous voyez ? demanda Felton. (Il avait un petit sourire.) C'est bien que vous soyez venue, Docteur. Maintenant vous croirez ce que je dis sur elle.

Je regardai Susan et secouai légèrement la tête. Susan se tut.

— Gordon, ça suffit. Si tu as des ennuis quelconques, je veux que tu m'en parles. Et je ne veux plus entendre de propos impertinents.

Felton tourna la tête vers sa mère et la regarda lentement. Son corps demeura immobile. Il ne détourna pas les yeux quand il lui dit :

— Oh, M'man, va te faire foutre.

Elle bascula en arrière comme si elle avait reçu un coup de poing. Son visage devint livide. Elle parvint tout juste à murmurer :

— Quoi ?

Felton se leva brusquement.

— Ferme-la, tu veux. Toute ma putain de vie je t'ai entendu dire combien de sacrifices tu faisais pour moi et maintenant ça suffit, bon Dieu, je ne veux plus l'entendre. Le Dr. Silverman le sait. Tu m'as sacrifié. Tu ne m'as pas aimé. Tu n'as jamais aimé personne. Tu m'aimais quand je faisais des trucs qui te plaisaient et tu ne m'aimais pas quand je faisais des trucs qui ne te plaisaient pas et tout ça, sans la moindre logique. Tu es une garce, tu n'as pas de cœur et tu as foutu ma vie en l'air, voilà ce que tu as fait.

J'eus envie d'applaudir, mais c'était un peu tard. La vie brève et heureuse de Gordon Felton. Sa mère semblait ne pas l'avoir entendu.

— Gordon, je t'interdis d'utiliser ce langage dans ma maison. Je te prie de t'en aller et d'emmener tes amis avec toi.

Elle était assise, très raide.

— Langage ? (Le sourire de Felton s'était élargi.) Langage ? Tu veux dire des choses comme « va te faire foutre » ? (Il la regarda fixement.) Tu sais ce que j'ai fait ?

— Gordon, je suis ta mère. Tu vas m'obéir ?

— Tu sais ce que j'ai fait ? répéta Felton. Tu as entendu parler du Tueur à la rose rouge ? (Le sang affluait à son visage épanoui d'amusement et de plaisir.) Hein ? Tu as entendu parler de ce gars, M'man ? Le gars qui ligote les filles de couleur et leur tire une balle dans le con ?

Mme Felton se retourna et regarda fermement la lampe bon marché en métal laqué, qui se trouvait au bout du canapé.

Le visage rayonnant, Felton ouvrit les bras et dit :

— C'est moi, M'man. C'est moi qui ai fait ça, M'man. Qu'est-ce que tu dis de ça, hein, M'man ? Ton petit Gordon est célèbre.

Sa mère pivota vers lui.

— Chhhut ! siffla-t-elle. Tais-toi. Je ne veux plus t'entendre. Il faut que je pense à mes amis. Si tu avais un peu de considération pour moi, tu ne me ferais pas des choses comme ça.

— Te faire des choses comme ça, Blackie ? C'est moi le putain de tueur en série, Blackie et c'est toi qui m'as fait ça.

— Tu n'as pas le droit d'appeler ta mère par son petit nom dit-elle. Je ne t'écouterai pas.

Elle se remit à examiner la lampe.

Felton était resté les bras ouverts. Sa poitrine palpitait et son sourire menaçait de disparaître. Sa mère continuait de regarder la lampe. Il l'observa un instant et secoua la tête. Ses yeux se posèrent sur Susan.

— Vous ? demanda-t-il.

Susan eut un signe de tête négatif.

Felton continua de la regarder et peu à peu ses yeux s'emplirent de larmes. A nouveau, il secoua la tête, puis il tourna ses yeux mouillés vers moi et dit :

— Alors, le vieux, à nous deux ?

— Qu'y a-t-il dans ce sac, Gordon ?

Il baissa brusquement les yeux. Il avait oublié le sac. Il releva les yeux et répondit :

— Mes affaires personnelles.

Son regard, toujours larmoyant, prit une expression circonspecte.

— Vous avez un mandat de perquisition ? me demanda-t-il.

Son regard fit le tour de la pièce.

Je sortis mon revolver de sous mon bras et répondis :

— Le voici.

Mme Felton vit l'arme. Apparemment, son regard n'était pas aussi fixé sur la lampe qu'il semblait l'être.

— Jésus, Marie, Joseph, dit-elle.

Je traversai le salon et pris le sac de gym qui était entre les pieds de Felton. Je le tendis à Susan. Elle l'ouvrit.

— Il y a du chatterton, de la corde à linge et un revolver, dit-elle. Il y a aussi des gants stériles en matière plastique.

Je regardai Felton. Il fixait sur moi ses yeux encore brouillés par les larmes.

— Vous êtes fait, lui dis-je.

Felton eut un petit sourire. Il haussa les épaules. Du canapé, sa mère lui siffla :

— Fuis. (Il la regarda comme si elle était tombée du ciel.) Fuis, Gordon. Nous dirons qu'ils mentent. personne ne saura rien.

— M'man...

— Fuis, fit-elle encore d'une voix rauque, presque gutturale. Fuis, fuis, fuis...

— Le revolver le condamnera, madame Felton, dis-je.

— Non. Ils ne le sauront pas forcément. Pas forcément.

Elle se leva du canapé et s'approcha de son fils.

— Tu me ferais subir une honte pareille ? siffla-t-elle. Pour l'amour du ciel, fuis.

Elle se plaça brusquement entre son fils et moi. Je posai la main sur son épaule. Elle gifla violemment Felton.

— Tu vas fuir, oui ou non, sale gosse ?

Felton la regarda avec une telle horreur que je sentis ma gorge se contracter. Il pivota et se rua vers la cuisine. Sa mère saisit la main dans laquelle je tenais le revolver.

— Fuis, hurla-t-elle. Fuis, fuis, fuis, fuis.

Je l'écartai sans ménagements et regardai Susan. Elle avait également sorti son revolver. Chapeau.

— Ne t'en fais pas pour moi, dit-elle. Attrape-le.

Je sortis par la porte de la cuisine et me lançai à la poursuite de Felton.

32

Quand j'arrivai au coin de la maison, Felton avait déjà traversé le quai. Il descendit l'escalier de la plage. Je rangeai le revolver dans son étui et remis en place la courroie de sécurité tout en traversant à mon tour. Quand j'arrivai en haut des marches, il avait déjà parcouru une centaine de mètres sur la plage, en direction de Nahant. Je partis au trot sur le sable humide. Je voulais surtout ne pas le perdre de vue.

Nous courions contre le vent frais de la mer. Ce n'était pas un jour à battre le record du monde de vitesse. Tandis que je courais, je sentais, jusque dans mes tibias, le sable bouger et se transformer sous mes pieds. Felton agrandit un peu la distance qui nous séparait. Cela ne m'inquiéta pas. Je savais que j'étais capable de courir plus de quinze kilomètres et je me disais qu'il se fatiguerait probablement avant moi. Je sentis la sueur se mettre à perler sous ma chemise. Tout en courant, j'ôtai ma veste de survêtement et la laissai tomber sur le sable. Un type qui promenait un berger allemand regarda d'un œil rond le revolver dans son étui.

Il était dur de courir dans le sable. J'étais plus lourd que Felton et plus le sable supportait de poids, plus il se déplaçait sous les pas. Devant moi, Felton semblait voltiger au-dessus du sol que ses pieds effleuraient à peine. Je continuai de courir pesamment, luttant contre le sable, avec le Colt, sous mon bras gauche, qui frappait et rebondissait contre ma cage thoracique. Un peu plus loin, la plage était coupée par un amas de rochers et de gros galets. Felton grimpa sur les rochers et entreprit de faire le tour du promontoire. Quand j'y arrivai, il avait déjà disparu derrière la pointe. Les rochers étaient recouverts d'algues et de coquillages. Leur masse était couleur de rouille et les bords avaient été arrondis par les va-et-vient de l'eau salée. J'escaladai prudemment les rochers. C'était la marée basse. A marée haute, la mer recouvrait les rochers. Les algues mouillées étaient glissantes. Une vague plus grosse que les autres se brisa contre les rochers et je fus aspergé d'écume. Je me tins aux rochers en tournant la pointe du promontoire. Des coquillages me raclèrent la main. Une autre grosse vague se brisa et je fus à nouveau aspergé. Le travail dans la joie : le grand air, l'odeur du large, culture physique à volonté.

La plage réapparut devant moi. Felton l'avait atteinte et courait. Il tourna la tête au moment où je sautais d'un rocher sur le sable. Du coup, il changea de vitesse et la distance entre nous s'agrandit encore. S'il pouvait maintenir cette allure, je l'aurais bientôt perdu. Je commençais à me sentir en pleine forme.

Mes jambes s'assouplissaient et les muscles de ma poitrine et de mon dos se détendaient un peu, tandis que je courais régulièrement, en m'habituant progressivement au sable. Demain, je me réveillerais plein de courbatures, mais pour le moment, mes foulées étaient souples et pleines d'énergie printanière.

Felton trébucha et continua de courir. Le sable ne l'aidait pas, lui non plus. Il tourna la tête, vit que j'étais toujours là et accéléra encore. Il était surprenant qu'il eût choisi de s'enfuir par la plage. S'il était resté sur le trottoir et s'était enfoncé dans les quartiers donnant sur le bord de mer, sans doute m'aurait-il déjà semé. Il avait au moins cent cinquante mètres d'avance. Evidemment, la raison pure ne semblait pas avoir guidé Felton jusqu'à présent et je ne voyais pas pourquoi elle se serait soudain mise à le faire. Il avait probablement couru, comme l'aurait fait un animal, vers la lumière et le plus grand espace. Je sentais mes poumons s'emplir et se vider de grandes bouffées d'air marin. J'aurais pu être le héros d'un film publicitaire pour une marque de bière. Chassant un dangereux malade mental sur le rivage d'une mer tourmentée. *C'est ton meilleur moment, mon petit Gordon.* Quand je l'attraperais, nous échangerions peut-être une poignée de main et nous regarderions une bière sans la boire. Plus loin, devant nous, un autre promontoire, un amas de rochers en saillie. Felton ne l'avait pas encore atteint. C'était bon signe. Ici, le promontoire arrivait presque jusqu'au quai et les rochers du haut étaient secs et non recouverts par les algues. Je l'escaladai plus facilement que le premier. Mes mouvements étaient synchrones. Plus haut, là où les rochers étaient secs, je sautai de l'un à l'autre en me déplaçant juste un peu plus lentement que lorsque je courais sur la plage. Les grosses vagues envoyaient quelques embruns à cette hauteur, mais surtout plus bas, là où elles se brisaient contre les rochers. Quand, ayant contourné la pointe du promontoire, nous amorçâmes la descente vers la plage, il me sembla que Felton commençait à peiner. Il descendait à quatre pattes sur les rochers et, quand il arriva près de la plage, il tomba plus qu'il ne sauta sur le sable. Il n'était plus qu'à soixante-quinze mètres de moi et son allure avait ralenti. Il se retourna encore pour me regarder. Je prenais de la vitesse. Devant nous, la plage s'étendait sans obstacle, le long du quai, sur plus de trois kilomètres. J'avais l'impression de courir en musique. A ma gauche, l'océan s'étendait à perpétuité, avec son illusion de liberté dans le vide. Une ouverture infinie, mais pour qui se tournait vers elle, c'était la mort. Devant moi, Felton trébucha et s'affala dans le sable. Aussitôt, il se releva et se remit à courir mais il avait perdu dix mètres et je pédalais toujours.

Felton avançait maintenant dans une sorte de mouvement ondoyant. Il faisait des pas inégaux et ses bras battaient l'air. Je n'étais plus qu'à soixante mètres. Cinquante-cinq. Cinquante. A six cents mètres plus loin, se trouvait maintenant le dernier promontoire entouré de ses amas de rochers battus par la mer. Felton regarda une fois encore derrière lui, me vit, regarda sur sa droite où le mur de soutènement du quai l'empêchait de remonter. Son pied heurta un endroit où le sable était particulièrement mou et il trébucha sans tomber. Il me regarda. Il avait la bouche ouverte et sa poitrine palpitait. Je le vis souffler fortement comme le font les coureurs quand ils se mettent en apnée. Il s'arrêta presque, puis il se lança vers les rochers. Quand il les atteignit, il avait repris près de cinq mètres. Il entreprit de les escalader. Ses bras et ses jambes remuaient hors de concert, comme s'ils obéissaient à des ordres différents. Il rampait plus qu'il n'escaladait. Affalé sur les rochers râpeux, il se déplaçait vers le haut mais aussi vers la mer. J'étais derrière lui et me sentais presque aérien, le corps élastique et flexible, tandis que je voltigeais d'un rocher à l'autre. Le fantastique Spiderman. Cet amas de rochers, le plus haut des trois, était aussi celui qui s'avançait le plus loin dans l'eau. Les mouvements de Felton étaient devenus carrément laborieux. Il s'accrochait désespérément aux rochers en se dirigeant vers la pointe. Il ne tournait plus la tête vers moi. Il semblait concentrer ses efforts et son attention sur des buts à court terme. Franchir ce rocher. Ne pas glisser dans cette crevasse. Je me rapprochais constamment. Plus lentement. Tranquille. Il ne fuyait plus. Je ne savais pas ce qu'il faisait, mais là où il allait il n'y aurait plus d'autre endroit où aller. Il lutta encore un instant en soufflant comme un phoque et il y arriva. Du moins, il arriva là où il voulait arriver. Il était entouré de trois côtés par l'océan, la marée montait et à quinze mètres plus bas, l'eau entraînée par la marée bouillonnait entre les rochers. Il s'affala contre un gros bloc de pierre, qui, dans une autre ère, avait basculé sur le côté, de telle sorte que sa face plane était à trente degrés de la verticale. Il s'adossa au rocher, les jambes écartées, raidies, les bras le long du corps, la paume de ses mains contre la pierre. Sa respiration était rauque, laborieuse et de plus, elle était compliquée par le fait qu'il pleurait.

Je marchais sur le sommet incliné des rochers et le vent soufflait très fort dans mon visage. Des mouettes perchées sur les rochers s'envolaient, décrivaient un cercle et se posaient un peu plus loin. Quand je ne fus plus qu'à six mètres de Felton, je m'arrêtai. La sueur et les larmes striaient son visage. Comme il s'était égratigné sur les rochers, il avait du sang sur les mains, les avant-bras et la figure. Il n'émettait pas un son, en dehors de ses efforts sanglotants pour reprendre son souffle.

Un bruit s'éleva derrière moi, dominant tous les autres. C'était le hurlement aigu de sirènes. Susan avait dû appeler les flics. Ils étaient cependant encore loin. Loin des embruns, loin des rochers, sur le rivage où il semblait qu'on risquât moins de perdre l'équilibre.

— Salut, dis-je à Felton.

Son regard se tourna vers moi, me traversa, traversa les rochers et le rivage. Felton regardait des choses que je ne verrais jamais, des choses que peut-être personne n'aurait à voir et pendant qu'il les regardait, son souffle était toujours aussi rauque, les larmes continuaient de couler de ses yeux et sa poitrine palpitait.

— Il faut y aller, lui dis-je.

Des sirènes hurlaient encore, mais il y en avait moins et déjà quelques voitures de police étaient garées dans le jardin, au-dessus des rochers, avec leurs gyrophares bleus qui tournaient et leurs radios qui émettaient les bruits sourds que font les radios des voitures de police. Des voix mécaniques parlant du côté le plus sombre de la vie. Je ne regardai pas. C'était un spectacle que je connaissais. Je l'avais trop vu, j'avais vu trop de vies acculées et j'avais trop souvent conduit ce genre de voiture.

— Tuez-moi, souffla-t-il.

Je secouai la tête.

— Vous savez... ce qui... m'arrivera... en prison.

J'eus un hochement de tête affirmatif.

Felton baissa la tête vers les flots qui bouillonnaient entre les rochers.

— Si... si je saute... vous... m'empêchez ?

A nouveau, je secouai la tête. Je regardai en bas.

— Mais vous mettriez sans doute un bout de temps pour mourir, lui dis-je.

Felton commençait à reprendre son souffle. Il n'avait pas cessé de pleurer, mais comme il respirait un peu plus facilement, il avait moins l'air d'être dans un état d'agitation fébrile. Maintenant, il me regardait et il semblait me voir.

— Je suis fou, vous savez, me dit-il.

— Oui.

— Ils m'enverront à Bridgewater, ou quelque part comme ça. Ils vont me soigner.

— Probablement, répondis-je. Je crois qu'ils ont sept cents détenus, à Bridgewater, et un psychanalyste. Ce sera peut-être un peu différent des soins auxquels vous êtes habitué.

A mesure que la marée montait, les poudroiements d'écume arrivaient plus haut. J'étais aspergé. Mes cheveux étaient collés sur mon crâne et mon visage était mouillé. Ma respiration était presque normale, ainsi que mon rythme cardiaque et le sang circulait harmonieusement dans mes veines. Une ou deux bières bien fraîches auraient été les bienvenues, comme l'aurait peut-être été une conversation amicale avec quelqu'un qui n'avait pas assassiné quatre femmes. Derrière moi, dans le jardin, un homme qui parlait dans un porte-voix cria :

— Ici la police de Lynn. Avez-vous besoin d'aide ?

Sans tourner la tête, je levai la main et leur fis signe de s'en aller.

— C'est de sa faute à elle, dit Felton. C'est elle qui m'a fait comme je suis. Je ne pouvais pas être autrement.

Je haussai les épaules.

— Allez, venez, lui dis-je. Faut y aller.

— Je ne peux pas.

— Je vais vous aider.

Je m'approchai de lui, le pris par les bras et le détachai du rocher. Ses jambes fléchirent. Je glissai mes bras sous les siens et autour de son dos pour le soutenir. Il s'affaissa vers moi, cacha sa tête contre ma poitrine et se mit à pleurer plus fort. Ses bras m'encerclèrent et il bredouilla quelque chose. Je tendis l'oreille et entendis qu'il sanglotait :

— Papa, Papa.

Je le tins ainsi un long moment, en ressentant autant de pitié que de dégoût, jusqu'à l'arrivée de deux flics de Lynn qui m'aidèrent à le ramener.

33

Dans le nouveau restaurant Suntory de Boston, Susan mangeait des *sushi*. Elle les mangeait avec des baguettes qu'elle maniait avec autant d'aisance que moi, je maniais la fourchette que j'avais été obligé de demander.

— C'est dégoûtant de manger du poisson cru, lui dis-je.

— Tu veux que je le renvoie ? demanda-t-elle.

J'avais commandé la *tempura* de légumes et la bière maison.

— Il est plus prudent de ne pas offenser le chef, répondis-je. Il n'a pas encore fait cuire mes crevettes.

— Très bien, dit Susan. Alors je vais me forcer.

Elle but une petite gorgée de saké puis elle eut un geste avec la tasse et dit en souriant :

— Marathon man.

— C'est pas toujours le plus rapide qui gagne.

— Je t'ai déjà vu tirer. Tu aurais pu l'abattre pendant qu'il courait.

— Probablement. Je suis pratiquement sûr que

j'aurais pu le toucher quand il grimpait dans les rochers.

— Mais tu ne l'as pas fait, dit-elle. (Je haussai les épaules. Le sourire de Susan s'élargit.) Je sais pourquoi tu ne l'as pas fait.

— Ouais ?

Je mangeai sans vergogne un peu plus de *tempura* avec ma fourchette.

— La première fois que tu l'as poursuivi, il a couru plus vite que toi et il t'a échappé, dit Susan.

— Ouais, à cause de cette barrière.

— Cette fois-ci, reprit Susan, tu voulais le poursuivre et l'attraper.

— Pour qu'on soit quitte ? Oh, quand même. N'est-ce pas un peu puéril ? demandai-je.

— Tout à fait, répondit Susan.

— Madame la psy je-sais-tout.

Susan, l'air satisfait, mangea un peu de riz et de poisson.

— Quirk et Belson sont rentrés de vacances ? demanda-t-elle.

— Ouais.

— Ils ont eu droit à des excuses ?

— A peine, dis-je en souriant. Les gens passent leur temps à rappeler aux autres qu'ils ont toujours été d'accord avec Quirk.

— Et l'homme qu'ils accusaient ?

— Washburn ? Il sera jugé pour le meurtre de sa femme.

— Et Gordon Felton ?

— Je suppose qu'il va plaider la folie, que la cour va le croire et qu'il ira à l'hôpital de Bridgewater. Où il ne sera pas guéri.

— Mais qu'il plaide ou non la folie, dit Susan, Felton n'aurait probablement pas pu ne pas faire ce qu'il a fait.

— Il y a pourtant des tas de gens qui grandissent avec le même genre de problèmes qu'a eus Felton et qui ne vont pas pour autant assassiner tout un tas de femmes.

— Je ne sais pas, dit Susan. Parce que je pourrais sortir plein de choses savantes sur le nombre infini de variables dans les conditions humaines qui font qu'il n'y a pas deux personnes au monde qui grandissent avec le même genre de problèmes. Mais ce n'est en fait qu'une autre façon de dire « Je ne sais pas. »

— Il peut être guéri ?

— Pas à Bridgewater.

— Ça, je le sais. Mais en admettant qu'il se trouve dans des conditions favorables, est-ce qu'il est guérissable ?

Susan avala le dernier bout de poisson cru, puis une gorgée de saké.

— Le mot guérison ne convient pas. On peut l'aider. On peut sans doute l'empêcher d'empirer, on peut éventuellement le soulager des pressions qui le conduisent à extérioriser ses troubles mentaux, on peut peut-être le réorienter, pour ainsi dire, afin qu'il extériorise de façon moins destructrice.

— C'est vraiment tout ce qu'on peut faire ? demandai-je.

— Je sais que ça fait très psy-esque, mais c'est vraiment la seule réponse que je puisse donner. L'autre élément qui entre en ligne de compte dans la guérison, est la gravité de ce qu'il fait. Si ses troubles mentaux se manifestaient, mettons, par le vol de collants féminins sur une corde à linge, on pourrait sans doute dire, oui, il peut être guéri. Parce que si on se trompe, les conséquences sont insignifiantes. Mais comment quelqu'un pourrait-il certifier qu'une fois libéré, il n'ira pas assassiner quelqu'un ? Moi, certainement pas.

La serveuse emporta nos assiettes et nous apporta de la *tempura* de crevettes et du riz cuit à la vapeur, ainsi qu'une autre bière pour moi. Quand elle fut repartie, je dis à Susan :

— Je suis ennuyé pour Felton.

— Oui, dit Susan.

— Je le suis encore plus pour les femmes qu'il a assassinées.

— Oui, acquiesça encore Susan. Et pour sa mère ?

— C'est difficile.

— Mais pas impossible. Pense à la façon désespérée dont elle a dû manipuler sa vie sans autre pouvoir que l'exercice de l'amour.

— Et tout ça pour rien, dis-je. De toute façon, sa réputation sera souillée.

— C'est cruel, dit Susan.

— Moi, je n'ai pas eu de mère. Ça me rend sans doute insensible.

— Probablement, reconnut Susan. Mais tu as les reins solides.

Je tendis le bras, pris la petite bouteille tiède et versai un peu de saké dans la petite tasse.

— Tu sais ce qui me plaît, dans toute cette affaire ? demandai-je.

— Pas grand-chose, répondit Susan.

— Toi et moi.

Susan hocha la tête.

— Toi et moi, ça me plaît toujours, lui dis-je, mais cette fois, l'occasion était si parfaite pour que nous nous emmerdions l'un l'autre, que je nous admire tout particulièrement parce que nous ne l'avons pas fait.

— Oui, dit Susan, nous étions continuellement dans les pattes l'un de l'autre en train d'essayer de faire ce que nous avions à faire.

— Et ça ne nous a pas rendu hargneux. Nous avons toujours été gentils l'un envers l'autre.

— Presque toujours, dit Susan.

— Ça revient au même.

Susan sourit et mit sa main sur la mienne, posée sur la table.

— C'était, dit-elle, une situation explosive, où tu me disais quoi faire dans ma profession et je te disais quoi faire dans la tienne. Et l'un et l'autre un peu braqué sur le principe de sa propre autonomie.

— Permets-moi de suggérer une récompense appropriée pour la façon exceptionnelle dont nous nous complétons.

— Je ne veux pas aller à Fenway Park regarder les Red Sox faire quoi que ce soit, dit Susan.

— Je pensais plutôt à une expérience sexuelle exotique.

— Avec les Red Sox ?

— Depuis l'année dernière, je pense qu'ils sont trop maladroits, lui dis-je. Je pensais que tu me méritais moi, Spenser la flèche.

— Oui, dit Susan. Que Dieu me garde, je crains bien que ce soit exactement ce que je mérite.

— Alors, si nous finissions de dîner, pour retourner chez toi et faire l'amour ?

— Certainement, dit Susan.

— Avec ou sans pull-over ? demandai-je.

Il y eut un long moment de silence pendant lequel Susan me regarda en face. Ses grands yeux noirs ne cillaient pas et son visage avait une curieuse expression qui était peut-être un sourire. Puis elle fit quelque chose que je ne l'avais jamais vue faire. Quelque chose que peut-être personne ne l'avait jamais vue faire.

Elle rougit.

... Il faisait chaud, dans la cellule. Et la prison était bruyante, pleine de cris rageurs et obscènes. C'était la première fois qu'il allait en prison. Il n'y avait pas de lumière dans la cellule. Il voyait, dans le couloir, les lumières vives qui faisaient des ombres allongées. L'odeur aussi était désagréable. L'urine, la merde, la tuyauterie, les odeurs corporelles, les cigarettes, la peur. Il était seul dans sa cellule. C'était un monde d'hommes, un monde rageur et apeuré, sombre et puant, un monde sans femme. Ils étaient déjà au courant. Les prisonniers lui avaient crié des choses quand il était arrivé. Les Noirs ne l'avaient pas quitté des yeux pendant qu'il passait devant leur cellule. Etendu à plat ventre sur le matelas nu, le visage dans les bras, il pleurait. Tout le monde s'en fichait. Tout le monde. Il était absolument seul. Sa solitude était une douleur en lui, au plus profond de son ventre, dans sa gorge, le long de ses bras. Il se sentait faible, tout petit. Personne. Pas une seule personne. Personne... Il se revit couché dans le lit de sa mère... la dernière chose, celle qu'il n'avait pas dite à la psy. Le

corps de sa mère, nu, qui sentait un peu la cuisine, qui le touchait. La main de sa mère qui appuyait, qui touchait, une odeur de vin blanc, les bruits de sa mère, sans voix, des sons sans mots tandis qu'elle le forçait à se coller contre elle. A la pénétrer. Il s'assit sur le lit et ôta sa chemise. Il noua une manche autour de son cou, se leva, s'approcha de la porte de la cellule, posa le pied sur une traverse et se hissa en passant son avant-bras entre les barreaux pour se tenir. Il fourra l'autre manche entre les barreaux et, de sa main libre, la noua à une autre traverse, en s'aidant de la main passée entre les barreaux. Il serra bien le nœud pour qu'il y ait environ quarante centimètres de jeu et il se tourna, en se tenant avec les deux mains.

— Je ne l'ai jamais dit à personne. (Il entendit la voix dans la cellule vide... l'entendit se réverbérer dans le vide impersonnel.) Je l'ai jamais dit à personne, M'man.

Il ôta son pied de la traverse et lâcha les mains.

DU MÈME AUTEUR

Aux Éditions Gallimard

LE COR SONNE LE GLAS, *nº 1801.*
RAMDAM-DAME, *nº 1818.*
PRINTEMPS POURRI, *nº 1838.*
LA BELLE ET LES TÉNÈBRES, *nº 1864.*
LA FUGUEUSE ENCHANTÉE, *nº 1897.*
UN PEU DE DISCRÉTION, *nº 1947.*
À COUPS DE GOUPILLON, *nº 1993.*
SOUS LES AILES DE L'AIGLE, *nº 2054.*
LA CHAIR ET LE POGNON, *nº 2092.*
DE QUOI IL SE MÊLE ?, *nº 2092.*

SÉRIE NOIRE

Dernières parutions :

1895. — C'EST PAS UN MÉTIER . . . . *Bill Pronzini*
1896. — JE TUE À LA CAMPAGNE . . . . *Paul Clément*
1897. — LA FUGUEUSE ENCHANTÉE . . . . *Robert B. Parker*
1898. — CHAUDS LES BALLONS . . . . *John D. MacDonald*
1899. — LA NUIT N'EN FINIT PAS . . . . *Arden Winch*
1900. — AUX ARMES, MÉGALOS . . . . *Raf Vallet*
1901. — LA PÉTROLEUSE ET LE PUR-SANG . . . . . *James Sherburne*
1902. — LE SOLEIL QUI S'ÉTEINT . . . . *Robin Cook*
1903. — RUE DU CHAT CREVÉ . . . . *Joseph Bialot*
1904. — LA MARIÉE EST TROP MORTE . . . . *John D. MacDonald*
1905. — 55 DE FIÈVRE . . . . *Tito Topin*
1906. — TOUT DANS LE COFFRE ! . . . . *Loren D. Estleman*
1907. — LADY TÊTE-DE-LARD . . . . *Hardiman Scott*
1908. — LA VALSE DES PAVÉS . . . . *John Wainwright*
1909. — ELLE A DU CHOU . . . . *Robert Leigh*
1910. — CORRIDA DANS LE MÉTRO . . . . *David Serafín*
1911. — CHÈQUE AU FLINGUEUR . . . . *Adam Kennedy*
1912. — PETIT PAPA POURRI . . . . *Joseph Hansen*
1913. — APRÈS VOUS, MON PRINCE . . . . *John Pearson*
1914. — LA MORT TOURNE EN ROND . . . . *Chris Wiltz*
1915. — L'ASSASSIN EST AU CIEL . . . . *William Bayer*
1916. — LES MINUTES DE SILENCE . . . . *Jack Livingston*
1917. — CHAUDES BISES . . . . *Marie & Joseph*
1918. — PIÈGE POUR KING-KONG . . . . *Ed McBain*
1919. — ON NE MEURT QUE DEUX FOIS . . . . *Robin Cook*
1920. — 14ème NOCTURNE . . . . *Tito Topin*
1921. — TOUT LE MONDE SE TIRE . . . . *Michael Z. Lewin*
1922. — TROTSKI SE FAIT LA PAIRE . . . . *Richard Hoyt*
1923. — C'EST DE FAMILLE ! . . . . *Joseph Hansen*
1924. — MON POTE LE VENDU . . . . *Bill Pronzini*
1925. — L'AFFAIRE EST DANS LE LAC . . . . *Richard A. Moore*
1926. — LE FILS DU VENT . . . . *Jean-Paul Demure*
1927. — LE DIABLE ET SON JAZZ . . . . *Nat Hentoff*
1928. — LA VEILLÉE DES ROMBIÈRES . . . . *Max Collins*
1929. — CAME DANS LE COIN . . . . *Richard A. Moore*

1930. — LE CHIEN DE MONTARGIS .... *Jean Amila*
1931. — LA CHASSE AUX FURONCLES .... *Frank Parrish*
1932. — ROCK BÉTON .... *Luc Vernon*
1933. — ÇA S'ARROSE .... *Richard A. Moore*
1934. — LE TARÉ .... *Michael Collins*
1935. — LES ENFANTS DE LA NUIT .... *Thomas Chastain*
1936. — PIANO BARJO .... *Tito Topin*
1937. — LEQUEL DES DEUX .... *Mel Arrighi*
1938. — FOLIES D'INFÂMES .... *Pierre Siniac*
1939. — MOI, J'AIME LE CINÉMA .... *Stuart Kaminsky*
1940. — CANINE ET GUNN .... *Oppel & Dorison*
1941. — NID DE POULETS .... *Ed McBain*
1942. — C'EST DU DÉLIRE .... *Fredric Neuman*
1943. — AUTOPSIE D'UN MENTEUR .... *Jonathan Valin*
1944. — LA NUIT CANNIBALE .... *Michael John*
1945. — MEURTRES POUR MÉMOIRE .... *Didier Daeninckx*
1946. — ÇA N'ARRIVE QU'À MOI .... *Donald E. Westlake*
1947. — UN PEU DE DISCRÉTION .... *Robert B. Parker*
1948. — LE MÉCHANT SAMARITAIN .... *William Campbell Gault*
1949. — MYGALE .... *Thierry Jonquet*
1950. — RADIO-PANIQUE .... *Stuart M. Kaminsky*
1951. — LES ÉCOLOS SONT LES PIGEONS .... *William Campbell Gault*
1952. — HONEY MONEY .... *Tito Topin*
1953. — ON M'A VOLÉ MON ANGE .... *E. V. Cunningham*
1954. — SA MAJESTÉ LE FLIC .... *Raf Vallet*
1955. — LA MILICE DES FOUS .... *John Wainwright*
1956. — LE GÉANT INACHEVÉ .... *Didier Daeninckx*
1957. — LES YEUX POUR PLEURER .... *Mark Sadler*
1958. — SI ED MCBAIN M'ÉTAIT CONTÉ .... *Ed McBain*
1959. — LA MORT EST SANS REMÈDE .... *Max Allan Collins*
1960. — RHAPSODIE EN JAUNE .... *Didier Cohen*
1961. — U.S. GO ROME .... *Richard Oliver Collin*
1962. — LE GRAND NOIR ET LE PETIT BLANC .... *Edmund Naughton*
1963. — L'ORAGE NE VIENT JAMAIS SEUL ...... *Mickey Friedman*
1964. — BALLON MORT .... *Marc Villard*
1965. — PRIÈRE D'INCINÉRER .... *Bill Pronzini*
1966. — LE QUAI DES EAUX TROUBLES .... *Ted Wood*
1967. — LES MOIS D'AVRIL SONT MEURTRIERS ... *Robin Cook*
1968. — NOUS AVONS BRÛLÉ UNE SAINTE...... *Jean Bernard Pouy*
1969. — LA TERRE DU BOURREAU .... *Bill Pronzini*
1970. — TU PAIES UN CANON ? .... *John Crosby*

1971. — MEURTRES À L'AMIABLE . . . . *Lawrence Block*
1972. — LA QUEUE DU LÉZARD . . . . *Philippe Conil*
1973. — FAUT PAS FANTASMER COMME ÇA . . . . . *Mark Schorr*
1974. — L'AMOUR EN MIETTES . . . . *Jean-Paul Demure*
1975. — L'AQUARIUM AUX SIRÈNES . . . . *Lawrence Block*
1976. — CONTES DES 9 ET 1 NUITS . . . . *Les Heureux Lauréats*
1977. — NE FAIS PAS À AUTRUI . . . . *Arthur Lyons*
1978. — GANGRÈNE . . . . *Emmanuel Errer*
1979. — DOPE À DETROIT . . . . *Loren D. Estleman*
1980. — SI T'AS PEUR, JAPPE . . . . *Marie & Joseph*
1981. — LA SOURIS DÉGLINGUÉE . . . . *Henry Bromell*
1982. — TCHATCHA NOUGA . . . . *Tito Topin*
1983. — BASE-BALL BOUM . . . . *R. B. Parker*
1984. — SALUT LES COQUINS . . . . *Raf Vallet*
1985. — DIEU A TIRÉ LE PREMIER . . . . *Pete Hamill*
1986. — LE DER DES DERS . . . . *Didier Daeninckx*
1987. — LES HÉROS ET LES SALAUDS . . . . *Anthony Burton*
1988. — COTE SANGUINE . . . . *M. J. Naudy*
1989. — LES PNEUS DANS LE PLAT . . . . *Don Flynn*
1990. — TRAÎTRES TROPIQUES . . . . *Jean-Charles Fauque*
1991. — ON NE CHEVAUCHE PAS LES TIGRES . . . . *Jack Gerson*
1992. — HUIT MILLIONS DE MORTS EN SURSIS . . . *Lawrence Block*
1993. — À COUPS DE GOUPILLON . . . . *R. B. Parker*
1994. — LE MANTEAU DE SAINT MARTIN . . . . . . *Joseph Bialot*
1995. — LE TUEUR DU DIMANCHE . . . . *José Giovanni*
1996. — ÇA NOUS FEND LE CŒUR . . . . *Teri White*
1997. — DES FOIS ÇA MORD . . . . *Lawrence Block*
1998. — LE JAP SE DÉBRIDE . . . . *E. V. Cunningham*
1999. — NOYADE INTERDITE . . . . *Andrew Coburn*
2000. — LA BÊTE ET LA BELLE . . . . *Thierry Jonquet*
2001. — FAISANS ET MALFAISANTS I . . . . *Max Allan Collins*
2002. — FAISANS ET MALFAISANTS II . . . . *Max Allan Collins*
2003. — UN TAXI POUR LAS VEGAS . . . . *Mark Schorr*
2004. — AU BONHEUR DES OGRES . . . . *Daniel Pennac*
2005. — LES MAUVAIS ANGES FONT
DU ZÈLE . . . . *Peter Dunant*
2006. — LA CUEILLETTE DES MORTS . . . . *Michael T. Hinkemeyer*
2007. — AU BALCON D'HIROSHIMA . . . . *Jean Amila*
2008. — LE MAUSOLÉE DE LA VENGEANCE . . . . . *Bill Pronzini*
2009. — MÉTROPOLICE . . . . *Didier Daeninckx*
2010. — LE DIAMANT ORPHELIN . . . . *William Irish*

2011. — PRUNEAUX D'AGENTS . . . . *Eric Kristy*
2012. — FUGUE POUR UN SURDOUÉ . . . . *Jeremiah Healy*
2013. — SUZANNE ET LES RINGARDS . . . . *Jean-Bernard Pouy*
2014. — LE GROS COUP . . . . *Lesly Andress*
2015. — LE TOUTOU DU PRÉSIDENT . . . . *Stuart M. Kaminsky*
2016. — MOURIR À BEVERLY HILLS . . . . *Gerald Petievich*
2017. — LE TREIZIÈME MÔME . . . . *Philippe Conil*
2018. — LA GRANDE ROUE DE BRAHMA . . . . *Mickey Friedman*
2019. — LE BOIS DE JUSTICE . . . . *John Wainwright*
2020. — LE SENTIER DE LA GUERRE . . . . *Marc Villard*
2021. — DU SANG SUR L'AUTEL . . . . *Thomas H. Cook*
2022. — PROUVEZ-LE . . . . *Frédéric Fossaert*
2023. — VOIR LOS ANGELES ET MOURIR . . . . *Gerald Petievich*
2024. — LA MAISON DES PÉRILS . . . . *Richard Stevenson*
2025. — LA GRANDE ARPENTE DES CHAMPS D'EN BAS . . . . *Marie & Joseph*
2026. — LES RAVAGES DE LA NUIT . . . . *Joseph Hansen*
2027. — SECOUE-TOI, SHÉRIF ! . . . . *D. R. Meredith*
2028. — LORFOU . . . . *Georges Patrick*
2029. — À BAS LES TOURISTES . . . . *Roderick Cooper*
2030. — UN MAUVAIS MOMENT À PASSER . . . . . . *Gordon McGill*
2031. — FANTÔMES EN FLAMMES . . . . *Bill Pronzini*
2032. — SHANGHAÏ SKIPPER . . . . *Tito Topin*
2033. — LA MORT DANS L'ART . . . . *Jack Early*
2034. — LA BELLE DAME DANS UN VIOLON . . . . . *Jean-Paul Demure*
2035. — ADIEU LA VIE . . . . *J.-P. Bastid et M. Martens*
2036. — GARE AU BON SAMARITAIN . . . . *Jerry Oster*
2037. — LA TOUR, PRENDS GARDE . . . . *Paul Kinnet*
2038. — LA TRAVERSÉE DES ENFERS . . . . *Bill Pronzini & John Lutz*
2039. — LE MACCHAB DE MA TANTE . . . . *Albert Ashforth*
2040. — AU MALÉFICE DU DOUTE . . . . *John Wainwright*
2041. — PAS SI POURRI QUE ÇA . . . . *T. N. Murari*
2042. — LA PÊCHE AUX ANGES . . . . *Jean-Bernard Pouy*
2043. — LA CAVE AUX ICÔNES . . . . *Loren D. Estleman*
2044. — UNE MINE ÉPATANTE . . . . *Bill Pronzini*
2045. — UN FLINGUE PEUT EN CACHER UN AUTRE (III. — Faisans et malfaisants) *Max Allan Collins*
2046. — LE GRAND PATRON A EU LA TROUILLE . . (IV. — Faisans et malfaisants) *Max Allan Collins*
2047. — ONDES DE CHOC . . . . *Ross Thomas*
2048. — MEURTRE SUR L'HUDSON . . . . *Don Flynn*

2049.	— COMMENT VIVENT LES MORTS	*Robin Cook*
2050.	— LE SEIGNEUR DE MAKÉNI	*Gérard Lecas*
2051.	— LA MORT DANS SES MEUBLES	*John Lutz*
2052.	— LA POUPÉE ASSASSINÉE	*Nan Hamilton*
2053.	— FOLIES DE FLIC	*Georges Patrick*
2054.	— SOUS LES AILES DE L'AIGLE	*Robert B. Parker*
2055.	— L'ORCHESTRE DES OMBRES	*Tom Topor*
2056.	— VIRUS EN TOUS GENRES...	*Michael Collins*
2057.	— AU TAPIS	*Stuart M. Kaminsky*
2058.	— IL NEIGE DU SANG	*Ted Wood*
2059.	— POULETS ET PERROQUETS	*Julius A. Lion*
2060.	— DE BRIC ET DE BROC	*Marcia Muller*
2061.	— LE BOURREAU ET SON DOUBLE	*Didier Daeninckx*
2062.	— PHOTO MAGOUILLE	*Walter Walker*
2063.	— ON TRAFIQUE ?	*Doug Hornig*
2064.	— UN CRÂNE EMPAILLÉ	*Bill Pronzini*
2065.	— TOUS LES DAMNÉS ONT FROID	*Richard Stevenson*
2066.	— LE MANOIR DES IMMORTELLES	*Thierry Jonquet*
2067.	— LES PUCES TUENT	*Marcia Muller*
2068.	— UN CHAMP DE VICTIMES	*Collin Wilcox*
2069.	— TOUTES LES ROSES SONT MORTELLES	*Loren D. Estleman*
2070.	— LA POLICE DES POLICES	*Nat Hentoff*
2071.	— TOUT NEW YORK EN OTAGE	*Walter Wager*
2072.	— UN LINCEUL POUR LE VERSEAU	*Max Allan Collins*
2073.	— LE FACTEUR CRÉSUS	*E. V. Cunningham*
2074.	— ON TUE ET TU PAIES	*Barbara Paul*
2075.	— PUNCH AU SANG	*Christian Poslaniec*
2076.	— UN TROP BEL INNOCENT	*John Lutz*
2077.	— SOUS LE SCEAU DU PHÉNIX	*Mickey Friedman*
2078.	— LES PAUPIÈRES LOURDES	*Barbara Paul*
2079.	— SQUARE DU CONGO	*Marie & Joseph*
2080.	— UNE CHOUETTE FAMILLE	*Doug Hornig*
2081.	— LA GUERRE N'EST JAMAIS FINIE	*Teri White*
2082.	— AIX ABRUPTO	*Jean-Paul Demure*
2083.	— L'HOMME TRANQUILLE EN PÉTARD	*Stuart M. Kaminsky*
2084.	— LA MOUCHE ET L'ARAIGNÉE	*Frank Parrish*
2085.	— LA FÉE CARABINE	*Daniel Pennac*
2086.	— UN COUP AU CŒUR	*Hansjörg Martin*
2087.	— LE PORTRAIT DE L'ARTISTE EN TUEUR	*Barbara Paul*
2088.	— VOUS PARLEZ D'UNE RIGOLADE	*Earl W. Emerson*
2089.	— JOUJOUX SUR LE CAILLOU	*A.D.G.*

2090. — LE JONGLEUR . . . *Ian Kennedy Martin*

2091. — CONEY ISLAND CASINO . . . *Robert B. Gillespie*

2092. — LA CHAIR ET LE POGNON . . . *Robert B. Parker*

2093. — LE ROI, SA FEMME ET LE PETIT PRINCE . . . *Marc Villard*

2094. — LES TRUANDS DU TEMPLE . . . *Julius A. Lion*

2095. — MASSACRES THAÏLANDAIS . . . *Tony Kenrick*

2096. — FAITES VOS JEUX ! . . . *Loren D. Estleman*

2097. — QUEL SAC D'EMBROUILLES ! . . . *Marvin Albert*

2098. — L'HOMME À L'OREILLE CROQUÉE . . . *Jean-Bernard Pouy*

2099. — FAUT PAS POUSSER ! . . . *Bill Pronzini*

2100. — VOUS PARLEZ D'UN MÉTIER ! . . . *Jonathan Valin*

2101. — JAZZ BELLE . . . *Marie & Joseph*

2102. — TRAQUE À LA MEXICAINE . . . *Richard Harper*

2103. — LES PIEDS SUR TERRE . . . *Marvin Albert*

2104. — LA CAMÉRA VOIT ROUGE . . . *George Kennedy*

2105. — LES LAMENTATIONS DE JEREMIAH . . . *Teri White*

2106. — LE BLUES DES ALCOOLOS . . . *Lawrence Block*

2107. — CIRCULEZ ! . . . *Eric Kristy*

2108. — LA CHASSE AUX NYMPHETTES . . . *J. A. Jance*

2109. — LUMIÈRE NOIRE . . . *Didier Daeninckx*

2110. — LA POLKA DES POLLUANTS . . . *Max Allan Collins*

2111. — FAUX CRACKS ET VRAIS TOCARDS . . . *Michael Geller*

2112. — L'HOMME QUI AIMAIT LES ZOOS . . . *Malcolm Bosse*

2113. — MAIS OÙ SONT LES TRÉSORS D'ANTAN ? . . . *Marcia Muller & Bill Pronzini*

2114. — DE QUOI IL SE MÊLE ? . . . *Robert P. Parker*

2115. — TOUCHE PAS À MA CIBLE . . . *Frederic Fossaert*

2116. — LA CITÉ DES PLUIES DE SANG . . . *Fredrick D. Huebner*

2117. — DESCENDS À BABYLONE . . . *Marvin Albert*

2118. — LA FOIRE AUX POUPONS . . . *Lee Martin*

2119. — BARJOT . . . *Oppel*

2120. — LE CIEL T'AIDERA . . . *Donald E. Westlake*

2121. — LISTE NOIRE . . . *Timothy Downey*

2122. — ÇA SENT LE BRÛLÉ . . . *John Lutz*

2123. — LA CASE DE L'ONCLE ATOME . . . *Stuart M. Kaminsky*

2124. — LES BILLETS NICKELÉS . . . *A.D.G.*

2125. — PRENEZ GARDE AUX PETITES FILLES . . . *Michaël Allegretto*

2126. — COUPS DE POMPES . . . *J. A. Jance*

2127. — ÇA SENT LA ROUSSE . . . *Max Allan Collins*

2128. — DÉCOUPE SOMBRE . . . *Jean-Paul Demure*

2129. — ON PICOLE SEC . . . *J. A. Jance*

2130. — LE PETIT ROI DE CHIMÉRIE . . . . *Marie & Joseph*
2131. — L'ASSASSINAT DES CANARIES . . . . *David Serafín*
2132. — ON TRAVAILLE DANS LE GÉNIE . . . . *Peter Schmidt*
2133. — EDDIE BLACK . . . . *Walter F. Shapiro*
2134. — C'EST LE BAGNE ! . . . . *A.D.G.*
2135. — LA DAME BLANCHE . . . . *Eugène Izzi*
2136. — LES DENTS LONGUES . . . . *Marvin Albert*
2137. — LE SPECTRE DE LA ROSE . . . . *Thomas Hauser*
2138. — LE FOU AU FLINGUE. . . . . *Michael Collins*
2139. — UN MOUROIR DE POCHE . . . . *Jimmy Sangster*
2140. — FAIS PAS DE CINÉMA ! . . . . *Les Roberts*
2141. — LE LAC DE FEU . . . . *Jonathan Valin*
2142. — UN CANDIDAT DE CHOC . . . . *Max Allan Collins*
2143. — LE TOMBEAU DU DERNIER SOURIRE. . . . *Marvin Albert*
2144. — OVERDRIVE . . . . *Gérard Lecas*
2145. — DES VICTIMES À LA PELLE . . . . *Ralph McInerny*
2146. — UN CERCUEIL EN FLAMMES . . . . *Jimmy Sangster*
2147. — OÙ VA-T-ELLE CHERCHER TOUT ÇA ? . . . *Dick Belsky*
2148. — TOUS DES TRICHEURS . . . . *Loren D. Estleman*
2149. — SOLO DE POLO . . . . *Jerry Kennealy*
2150. — PRÊCHEUR EN EAU TROUBLE . . . . *Yves Ellena*
2151. — LA JOYEUSE KIDNAPPÉE . . . . *Elmore Leonard*
2152. — REDIS-MOI TES MENSONGES . . . . *Don Flynn*
2153. — LE CRIME DE LA RUE DU CIEL . . . . *Marie & Joseph*
2154. — LA MORT À GRANDES GUIDES. . . . . *John Douglas*
2155. — N° 5 PAYSAGE. . . . . *Julius A. Lion*
2156. — QUAND FAUT Y ALLER . . . . *Teri White*
2157. — LE TROMBLON DÉCRÉPIT . . . . *Michaël Jahn*
2158. — UN FICHU MOIS D'AOÛT . . . . *Daniel Hearn*
2159. — PRENDS GARDE AU TORÉADOR . . . . . . *Robert Crais*
2160. — LA RANÇON DU PLUS FORT . . . . *Gerald Petievich*
2161. — LA CLEF DES MENSONGES . . . . *Jean-Bernard Pouy*
2162. — LE GANG DES ÉCLOPÉS . . . . *E. Richard Johnson*

Prochain volume à paraître :

2164. — LE GRAND SACCAGE . . . . *Max Allan Collins*

Impression Bussière à Saint-Amand (Cher),
le 14 décembre 1988.
Dépôt légal : décembre 1988.
Numéro d'imprimeur. 6328.
ISBN 2-07-049163-3/Imprimé en France.

45092